骨头与岩石

杨东 著

国文出版社
· 北京 ·

目录
contents

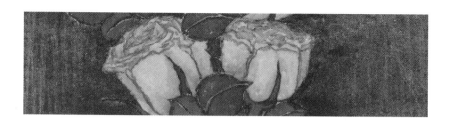

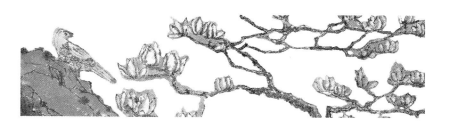

驯服宿命的涛声，安慰奔跑的苦果。

带着渔火、沙漏，带着指南针，带着你，带着一再逃亡的身体。

春风引

风里处处有禅境，但我看不见。

我握女儿的手，她的手里有微醺的风，是春风。

春来草自青，是心愿，是期许，是现实。

春风过耳，吹白了发梢，不甘，也无奈。

渴望春天，又惶恐春天。

"我们得到了尖锐的矛和抵抗的盾。" [1]

要像你的名字，不得不努力。

在春风里，随万物生长，随百花齐放，随那些复苏的眼睛闪闪发光。

1.引自杨键《来由》。

礼物

流年有赠礼——
树脂取走时间，凝成琥珀，挂在手腕。
石头盗取岁月，琢成玉佩，悬于胸前。

水取走风，雪盗走马。
大地献出故园，天空祭出春秋。
炫光结成泪——那么多晶体的人间。

我赠你我的一生。
你送我你所有的原子、离子、分子，相互溶解、沸腾。痛着、爱着——
那嵌入彼此最欢欣的晶粒。

生日记

无古人，无来者。山顶松涛间有流云穿结。
凝露为霜，或为雪。一滴一片，沉寂为火焰的斑斓。

遍地石头仿若棋子，不辨黑白。
我是其中一粒，想象你执我于指尖，往来楚河，从不回头。

我因此放下包袱，成为一个善良的旅者，在山水间漫步，彼此尊重，
与万物并作。

我是自己的王，是渊薮里的隐士。
是秋来春去从不苟且的少年，是风霜雪雨里喷薄文字的书生。
尽小者大——
我本是，父母血肉里最耀眼的闪电。

生日帖

月相在另一个世界。像是不经意浪费的火焰。
无酒。无声。无影。无车无马。
今日不是相逢之期。

万物岑寂。心并不惘然。
诞生我的村庄，退入莫名的回忆，薄雪正有万般隐意。
我身陷草莽的都市，幻想成为一位隐者，为自己和这个世界祈祷。

生日最好空度，或苦练遗忘、弃取。我也得有所固守——
年年一为梅花醉，醉到千回鬓未霜。
我还得记住亲人和朋友——
他们的问候，足以填补这世界辽阔的虚空。

送别

我正在送走所有的人。
我不需要谁相送。

眼泪的废墟里，原本住着一个悲伤的住持。
现在，一颗方寸心，亦可坚如草木，亦可瞬间倾覆山河。

那些在悬崖边厮守的人，依然手执献祭的花朵。
我举办着内心的仪式——可以把心托付给任何人，但不可以给你。

时代怆然的钟摆里，我只能自守人生，不念枯荣——
我早已忘记自己那些莫名的身份。

影像中的少年

——给爱女晓努

你在照片里望我。

你眼含锦瑟，笑容可掬，青春闪耀。

是什么力量牵引我的沉默？让我从纤维般的生活中慢下来？

你的身体有铜钱草的青葱，绿萝的枝蔓，巴西铁的冷峻。

成长之初，你浸润过教义、儒道、古老寓言隐隐的光。现在，你逐渐掌握着怎样思考、辨析、认知。

作为一个乐观主义者，你持有与年龄不相称的对人间的尊重，对时间的敬畏。

我知道，你所看见的，一直是万物中那些向上的花朵。

你继续在照片里看我。

你种下的植物有了具体的依附和指向，恰如少年从空白处长出的经纬，微渺而苗壮。

恰似挺拔的弓，坚硬的箭，殷殷含铁的翅膀。

你在照片里凝眸。

我看到了我和妻子的面孔，温暖而安宁。

血脉，在彼此的内心蔓延，因彼此的抚慰而获得疼痛之后的欢欣。

一条亲情的根，经历了悲欢岁月的漫长滋养，在人间缓缓述说人世间最纯净的坚持。

消解

暮晚的线条慵倦，河山正值青春。

黄金与白银正在交接。

光芒的另一面，"为什么还潜伏着那么多需要释放的阴影？"

他的一丝怨怒也是危险源，隐匿着正在接受教化的雷鸣。

"不悲亦不喜，不急亦不缓。"对着闪烁的微澜，他告诫自己。

在险峻的河流里，他保持警醒，也秉持着悲悯，却难以驾驭生活的平衡术。

他内视自己的身体，中年的法器，却有早来的暮年晚钟，一声声吹鸣。

顺着山河仰望，那慰藉万物的星空，足以把内心的混沌、不安，照耀成旖旎的江海。

他渴望内心的云图，再次升起一颗星星，加速解构意志里沉默的荆棘、耽留的阴影。

"不可含怒到日落。"

其实只需放下执念，以和解的勇气，找到另一个自己。

直到心底的曙色繁衍出满目敬畏的苍茫，直到孤独的人看见春天，隐者长出翅膀。

直到山河无恙，陌生的新途驶上快马。

等待

一生，不过是在成长和成熟中接受光、阴影、雨水和闪电。
接受先验、未知的训诫和教化。
时间从不为谁停顿。
自然有巫术，而我有濒危的炼金术，使我看上去仍未苍老。

风吹旅人，也吹她的白裙。
落寞的旧居发出沉重的光。雨滴悬在草尖，也落在心头。
众花凋零——没有什么不可舍弃。

光阴浮烁。
其实是，一座骨骼早已定型的山峰，知耻的血肉的江湖，不得不提及
的灵欲，在等。
等身体从曲全中取出唯一圆满的直线，
等一颗刻鹤图龙心，从刀峰获得飞越海拔的自由。

失眠者的牧师

失眠的人又开始数羊。

跑来跑去的羊总是数不清，有时候连一头头静止的羊也要数好几遍。

有时忘了数自己，有时把枕边的人也数了进去。

羊在树下吃草，为它种植的青草多么肥美。它身上的绳子，不长也不短，像那些过往与未来。

羊在山上寻草，有几只躲进了石头缝，还有一只站在悬崖边，望着对面的青草顾盼。

羊在草地里低头，水在脚底蜿蜒。也不知远处的牧羊人，手里的皮鞭还要舞去多少光阴。

云端里的羊成群结队，还有一些从海面跑到了天上，领头的，正是昨晚你没有数到的那一只。

为什么失眠者都在数羊？

是不是只有数羊人才是夜晚的牧师？

是不是睁开的眼睛，才能望穿漫无尽头的长夜？

一根手指，一群羊，构成即将来临的梦的涟漪。

一双眼睛，依旧暗藏了不能说出的秘密。

持续转换的角色

　　我习惯在云露与月色推送的致幻剂中发呆，偶尔艰难地转换角色——

　　一滴水，一阵风，一座山，一个法力无边的神，一把戒尺，一寸残简，一截不朽的青铜……而不再是一个具体的，岁月渐失的我。

　　也不是小花朵、小绿植、大森林，更不是小动物，不是飞鸟，不是虎豹，不是蛇蝎……

　　不为岁月伤怀，不需奈何明月，不需努力锻造另一个我。

　　为了保持更深的沉默，有时候，看月亮深入云层，任天空陷入加速的沉寂，用短暂的阴影理解多余的幻想。

　　万物消逝：城市、荒原、灯火、星辰……但我仍持续着我的转换。

　　当银色的夜幕再次收藏那颗不朽的钻石，仿佛要把最初和最后的辉芒给我——

　　我是幸与不幸交替呈现的那个人，我是月辉与乱云的秘术的加持者。

我相信

你看见过神和神的羽翼吗？

我相信，它有时是静的，带着对尘世的深思。它有时是动的，带着对万物的憧憬。

当风吹拂，它神秘的身体，同样有着飞翔的欲望。

它一定有琥珀之形，有日月之圆缺，有人间的妄念与情仇，有众多灵魂的宽容与绝唱。

啊，春风，我愿意称之为神送达的可以触及的羽翼。

它有摧枯的手掌，有细软的火焰，有回旋的领土。它在一个人的仰望中谦逊而孤傲地飞行。

当它旋转，当它伸手拂荡熟悉与陌生的尘世；

当它迎送，当它欣然接纳了漫天冷冽的光影；

当它拒绝，当它把轮回的流水不停地送往远方；

我相信每一刻，那与生俱来的良知与善愿，都将如万千音符，在人世间缓缓耕播可以预期的收获。

虚拟或独白

　　你可见梦里月亮，如何携我于忘川，寻因果，找轮回？又如何弃我于现实的沼泽，构虚幻，弄巧拙？

　　你可见昨日太阳，如何照我于江湖，邂惊雷，逅春梦？又如何隐我于湍急的刀锋，萌退意，向空谷？

　　你可见未来星辰，如何载我于微尘，守规则，察隐秘？又如何渡我于危险的渊薮，诵心经，空色相？

　　你可见：
　　人世间残留的风花雪月仍在构建并不偶然的生活。
　　慈悲的内心复返于时空，无限的悲喜不停点燃生命卑微的火焰。
　　你终可见：
　　生似万物，死似善果。相如逝水，命如宗教。

等待的意义

日复一日，列车往复，在两根琴弦上舞蹈。

西山竖起耳朵，我的听觉与它一样，要分辨出哪一列，将要捎走这春天。

有人站在窗前，收集列车过往的时刻表。他要找到规则，看是否契合自己的心跳。

我感受到他的不平静，以及列车每一次到达和离开的震颤。

琴声凛冽，一闪即逝。一根针，缝补了破碎的暮色。

另一个人，另一根针，继续坚守——他要从列车的一次次轰鸣中挑出积蓄的闪电。

原来的位置

我说过的话大都记不清了，但它们并未消失。
曾经吹过的风停在原处。

柏杨、榆树、香樟，我喜欢抬头，对它们说出仰望与尊重。
它们一直保持着广大的沉默。不拒绝，不反馈，不赠与。
它们也远未获得某种永恒。

时间淬火，木头不再刻成玩偶。
一些语言泛着黑铁的光。阴影既消失，又永远存在。

我还是要说话。
也许没有意义，也不可能感动谁。
但尚能让一个失神的人，顺着恍惚的世界，回到他原本站立的位置。

一个夜晚，一个人

今夜，时间如鸟影，在流转中消逝。

镜花水月般，熙熙攘攘的人间，突然安静下来。

万物无边，尘埃落定。

寺庙里，只有一个僧人，试图用木鱼之音，送走倒流的春水。

尘世间，只有一个路人，花白的鬓角风声漫卷。他努力用自己消散的影子，填补岁月的沙漏。

暮色深重。被遗忘的枯木、云图、晚钟，试着唤醒沉睡的落叶、飘摇的钟声、远去的经卷。

一只鸽子知道夜晚的秘密。它不动声色，在远处霓虹的闪耀中不停地振动凌空的翅膀。

今夜，一个与世无争的人，与自己深谈、争辩、和解。风声，一次次向星空举起矛与盾。

在对长夜无尽的仰望中，我确信有这样一个夜晚：不同的心终将穿越、相聚、凝结，最后变成一颗不再疲惫、永不迷惑、小而完整的心。

像曾经大踏步迎来的繁盛的春天——

大地层层返青，内心的虎豹尽情出没。

渴望

我渴望走过所有的道路。

在终点变成一块石头，听风弹琴，与水唱歌，看云朵搬运舞台。

我渴望涉过所有忘川。

然后变成最后一滴年代之水，应和山川的流韵，大海的波涛。

风雨拥有雕琢万物的力量，所有的流失都将为我带来新鲜的使命。

我渴望成为一缕阳光。

成为明亮的天使，黑暗的勇士，成为带给你温暖善良的书生。

我渴望成为时间的一部分。

成为时间的珍珠，成为你的意志，为清醒者记录行踪，为失意者厘清迷途，为失踪者寻找归途。

偶尔，也为自己镌刻一段欢欣的铭文——

我所拥有的生活

我所有的悲伤都将用尽。这正是我之所愿。

不必在意意志之外的事物。

我只需骨头、血和诗歌。

天气酷寒。狂风凛冽。

白纸上，风向四方奔突——它已载不动记忆中飘摇的丹青，文字里孤独的花草，丰沛的血和无尽的火焰。

谁说：世间短暂的黑与白、爱与恨，都将提升一个人相濡以沫的重量？

如今，白天，我在汉字里修行，盼望它们给我以慈悲。夜晚，我用另一些文字，浅浅地描摹内心的热烈、向往与图腾。

只有少数人知道我在干什么。

正如我不消知道，大多数人过着怎样的我并不知晓的生活。

逐浪者

那逐浪者，曾经怀抱理想。而浪花淘尽时，他恍惚已是自己的陌生人。

只听夜晚风吟，长天无语。只看星图诡谲，灯火失色。

忍住热血、疼痛、惶恐与寂寥。

直到春天，从另一个世界传来的声音，带来春风的福音，带来圣灵的洗礼。

哦，既已来临，就让那不停战栗的幼兽，复苏热血与疼痛，终结仓皇与寂寥——

一朵消失的浪花，悄然涌现出跌宕起伏的身影。

午夜之诗

你可在梦深处，梦有什么样的色泽和味道？
该安静的都安静了。

我独自醒着。醒着的还有星月，还有万物正在生长的部分。
我尚可听见那寂静中荡漾的轰鸣。
我听见了内心假想的预言如水镜一般碎裂又重逢。

该苏醒的都将苏醒，而我将安然入睡。
我一生的努力，不过是在沉睡与苏醒中轮回，一次次将梦境还给现实，一次次将自己还给自己。

我不会缺席午夜的盛宴。
我不会虚度悲喜的眼泪还给露水的每一个瞬间。

惑

我想退回起点，寻找那些失散的亲人、乡音。
越往前，越伤悲越惶恐越孤独。
只有时间往复，不问前途和归程。
只有鸟儿问答，说我听不懂的话。

山峰推升海拔，流水制造地平线。
心中的海面越来越低，甚至低于想象，低于一只鹰的翅膀。
一只迷途的幼兽，逃离山林，没完没了地奔突。
从南到北，我追寻一朵欲望之花默默地绽放。

借助一片雪，我保持自己的温度。
借助一缕北风，我守住自己的湿热。
从黎明到黄昏，我有时忘记了家山，有时记住了乡愁，有时屈服于内
心转弯的山河。

从无答案。
而沦陷处，往往是陌生的峰峦，是熟悉的人潮与夜晚。
往往是，风一吹，蝴蝶飞起来，我也飞起来。

修行者

山云满屋，月夜当门。

暮色中，一个心无挂碍之人，眼里只有闭目修行的上帝。

一双悲悯之手，缓缓转动着天空唯一的念珠。

那并不孤独的月色，把我们分别收进了自己的国度。

天空中，一阵风吹动锦云，一件袈裟卷起阔大青蓝的衣襟，如空中展开的信纸，带来瞬间的波澜。

夜色如幻。清冽的月色，茫然而深邃。

一些事物一旦苏醒，就有异数相伴。

不可知的前方正是世事变幻的人间。

此刻，宇宙、星球、生命，正一同沉入前世与今生交替闪现的梦境。

慈悲的月色，无恙的花朵，正一点点诞生于善恶的边界。

接纳

一滴复一滴，水有兼容的秉性。
一朵复一朵，花在自身的影子中相顾盼。
一丝缠绵一丝，烟影清冽，传达某种不安。

一个人，必然沉溺于时代的江湖，既茫然，又决绝。
没有硝烟和战事。身边从不缺少人潮。
他的孤独与迷惘，并不轻于一只陷入狼群里的羊。

我是我自己的陌生人。
时序日日复生出另一个我。回到夜晚，我常常忘记清晨的样子。
我渴望接纳，又不得不学会优雅地抗拒——

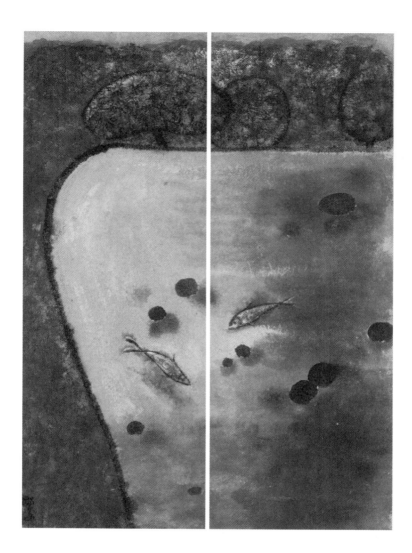

渡

我的汗血宝驹哪里去了？
何时才能带回赤红的闪电？

如今，蛮荒的丘陵青翠如冠。
我欲掀起的铁蹄踏不过跌宕起伏的疆域。
唯有饮尽血色，拔出青丝，度日月而相忘于江湖。

把黑夜还给光明

失眠者总是沉沦于最后一丝美好的睡眠。

清醒的痛苦如旭日。

莲石路上，昏昏欲睡的人驾驶着摇晃的车辆。

芒鞋本无路。

十字路口，向你敞开的不止是一道虚掩的门。

无人认领的方向在别处。眼观六路者，和一个哑巴彼此打着手语。

能够看见的对错皆可忽略。最大的谬误在于自身。

作奸犯科之人脸上不再刻有黥文。

一个衣衫挺括的中介人也称为房产经纪商。

都把时间抵押给了茫茫舞台。

我们乐于既当观众，也当主角，有时也跑跑龙套。

我们是一生债务的偿还者，更是一直努力把黑夜还给光明的人。

隐者

突如其来的风，把他从山野吹向城市。
那么多陌生的面孔，让一块岩石突然变得生动。

允许他面对霓虹，倾听胸中的松涛。
允许他坐井观天，怀念从前的影子。
允许他着古袍，行旧礼，也接受时代的善恶。
允许他忘记小小的伤口，让一阵风拂去尘埃的隐痛。

将自己解锁，成为暮晚的烟云，黑暗因星火而足够辽阔。
将自己放逐，流星的远方，一朵黑色的玫瑰正在沦落。

你因大隐于市而虚怀若谷。
你因小隐于野而目空一切。

豹子心

豹子洗澡，流水惊慌。
豹子傲立云端，望着太阳沉默。
豹子俯瞰大浪，对着镜子低语。
豹子站在山头，看着猎人咆哮。

我也沐浴，洗净不安。
豹子站立的位置，就是我现在的位置。
豹子发出的声音，就是我现在的声音。
豹子持有的内心，就是我一颗万死不辞之心。

晚笛

时有夜风，将远方的汽笛吹送。
笛声无恙，驰骋之美具有穿透风雨的力量。

有人倾听，有人掩耳，有人刚刚进入睡梦。
一地月色在笛声中碎落，但它并未有过真正的流逝。

空气中有一些手指，试图把笛声送给在高处眺望的人。
他最接近汽笛的高音，也最理解音色里的秩序如何构建崇高的殿堂。

一扇门，若隐若现。
大道至简，这硬通的法则带来远方，也带走天涯。
笛声，这唯一的信使，虚掩着情怀，带来的，远不止人间悲喜的消息。

暗示

　　薄雾从初夏的河流升起。无须厘清眼前的线条和轮廓。
　　此刻的混沌，超越了新晋之美。那是事物呈现的另一种生态。
　　此刻万物苏醒，葱茏的言辞秉承了古老的善意。

　　无须时刻保持清晰。允许天空有适度模糊的微芒。
　　如果我是一只思想的鸟，我能冲破雾中的栅栏。
　　如果我有一双会飞的翅膀，我将找出纷纭之间，那遮蔽了经验与羞耻的暗示。

小写意

茶歇时，给你打电话，
听熟悉的声音，仿佛怀抱你的美。

我们的居室养着新家具、兰草、鹤顶红、晓努的书籍。
墙上有我们的青春，
锦鲤在水里欢腾。

爱一个人的对与错

爱即使再微弱，也如孤云里醒着的光。

一颗高悬夜空的星，在风云际会之间，眼无波，心无澜，双手合十，行止由心。它一直秉持原始的善念，素朴的美德，为我们冷静地抚慰、照耀、闪烁。

要用前生一半的爱，爱你的错。

爱一个人在云端的早春播下的种子，爱她的憧憬、消逝，爱她的隐忍、退守、放弃，流落与不安。

爱一双黑色的眼眸深藏的火，爱她的理智、拒绝，爱琴弦上全部的热泪和音阶。

必须用另一半，爱你的对。

爱失而复得的灵魂，从一而终的现实，无所抱怨的悲欢，欲拒还迎的激情与风暴。

爱你小小的挣扎，挚诚的理解与包容，爱你一生的酸甜，无奈的叹息和向上的沉静，爱我们简单的合唱，微妙幸福中的小旋律。

短暂的情歌

你的眼里有惜别的春水。

涟漪有残雪的幽怨与寂静。

我的眼里不止有卑微的散光。

潜伏的萤火虫总是不停地扇动翅膀。

我要经过你，乘着流水奔向远方，在漩涡处攀缘，在临渊处等你。

青春拂袖而过。

不用刻意收敛踪迹。

从立春到大寒，我将用铁轨、枕木、电流，经过节气、月令，经过蛊惑、徒劳，用空寂的阡陌弹唱彼此短暂的情歌。

爱你所爱的余生

再次试着写下爱。

爱一场风雨的暴力，雨后的彩虹，不离不弃的蓝天，白云，稍纵即逝的欢腾的曲线，高与低，近和远。

爱雾中灯塔的光芒，云中飞鸟的翅膀，万绿丛中跨入生命尽头的一叶枯黄，一抹残红，孤绝的伤悲和留恋。

爱雨后向晚的热流，伸向远方的铁轨，正值花期茂盛的季节，终将抵达的另一个春天。

爱战争中的乱世，和平岁月的真理，爱真实的流水中那颗忐忑之心。

犹爱眼前的万物。

爱清晨，爱第一缕朝霞、第二滴露珠、第三声鸟鸣、第四片绿叶，从苍白的色泽返潮的天空，大地上回旋的含有重金属般热情的尘土，蓬勃生机中隐藏的素颜。

爱黄昏，爱暮色下的莫名之幻、不动的草芥、闪亮的灯火，从生活中一路跋涉又回到生活中的人们。

爱带来幻想的童话，爱风中的裂纹，缝隙间的岁月，向上的枝条遍布的光，远处村庄的残影、近处的楼宇，月影映照下的孤独和寂寞。

爱平凡者最平凡的生活，爱未来，如爱你所爱的余生。

白云青山

——给妻子

能够眺望的地方可以叫远方。那看不见的远方，其实叫思念。

大地与流水举案，青山与白云齐眉。

沉默的万物，全部被一个字所覆盖——

爱，汇聚了多少生命的根茎，无法克制的长势，节节蔓延的渴望。

青山不老，白云怀春。

我爱一片蓝天，一朵白云，犹如爱我的妻子。她已是我的肺腑、我的肝胆、我的心脏。

和我白首的人，身在故乡，她的心却一直跳跃在我的胸膛。

青山有爱，白云无恨。

我爱白云青山之上攀缘的蔚蓝苍穹，闪耀的星光，犹如爱自己，爱偶然的分离与必然的相守，爱那翩然的琴瑟与锦绣。

此刻，我只愿驾青山的舟楫，乘白云的翅膀，和远方的爱人一道，低低地飞出一幕不谢的青山，不散的白云。

这里足够安静

面向翠湖，两棵翠柏又长高了几分。

去年的烛灰像凝固的泪滴，斑驳如岁月。

芦草如花发，割了又长。光影又过去一年。

烛火点燃时，我看见一丛草芥钻出墓碑，上面有青涩的苞蕾，刚刚高过父亲的名字——

像父亲——高举着少年的我们。

这里已足够安静。我不忍惊醒这一切。

父亲住在心里，父亲自有宁静的山川。

此刻，我好像回到童年，我们都喜欢扎在父亲的怀里——

沉沉入睡，

旁若无人。

心之高处

时间停歇。人间静止。

无悲无喜。蓝色在滋生、演变、漫漶。它汇聚的粼粼碎片像无休无止的海浪，但从没有大海的咸涩与孤寂。

无法穷尽。渗出玄脉的视线，如硕壮之根蔓延。

人间的高处，自可乘风揽月。

我所看见的空间，是名词还是形容词？是沉寂还是在荡漾？是接纳还是在拒绝？

云图似锦。机翼如蝶。

苍穹敞开纵横捭阖的怀抱。它激荡过风雨雷电的手，盛满了伸手可摘的自由、善愿与福祉。

一只鹰在低处仰望，另一只鹰在空中逡巡。

一个我在过往中消失，另一个我在此刻的高度重生。

辽阔的想象

五月苍翠。牛羊在空中舞蹈。

我是一位牧人，用目光放牧天空的草原。

我像一位思想者，放下从前，在现实与想象的高度，俯瞰大地山河，亲历变幻之美，如何契合一个大梦最真实的部分。

仿若异域，又仿若脱离了悲苦的人间。

一颗心，已足够拓展想象的辽阔。

歌声里的时节，在距离我们并不遥远的流水之上固执地爱着。

远去的神，是否又将归来？

远近的故乡

寂静与喧嚣。身体与灵魂仍然保持了自我。

一座城与另一座城，一个故乡和另一个故乡，瞬息转换的空间。

时间，协调了一切，也终结了与此相关的思念。

植被、柔水、鸟啼，变幻的风景。

阳光、湿度、温度，缠绵的秘密。

沉淀的足迹，想象的思绪，远离生死，更接近云图之上的花和果实。

经历过的近与远、高与低，已经解放的意愿，汇聚成短暂时光中忘记恩怨的源头。

我看见了大地新生的骨头：

山川、村庄、城邦，和那些忙碌的背影。

教化与接受

时空的现场教会我们一切。

我已数不清经历过多少次生离死别。泪水，哭泣，悲伤，哀婉，汇集的不仅仅是一条条苦痛的河流。

那些被终止的命运，如戛然崩止的琴声，给我以漫长的启迪——命运不过是一滴水的诞生、游移与消逝。

在一次次送行中，我知道我仍是一个从沉默中抬头远行的人。

我一次次接受时间的教化，在水与火中融凝，在苦与乐中平衡，在爱与被爱中绽放，在漫长的等待中凋零。

——我早已是一个不再幻想的人。

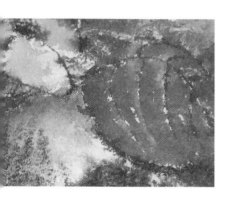

我是自己的王，是渊薮里的隐士，
　是秋来春去从不苟且的少年，
　是风霜雪雨里喷薄文字的书生。

骨头与岩石

时光跌宕。有一丝透过身体的缝隙。
体内的骨头，侧耳：听鸟说甚，问花笑谁?
晚风疏朗，似有莫名的欢欣。

躲在身体里的岩石，黑色的密纹在声声问答里扩散。
骨已成形，石头还小，鸟鸣不止，歌声淌过险境，花已学会飞翔。
危岩的坍塌显而易见。我的血肉足以打败自己的世界。

时光飞了很远。
晚霞中的露珠，彩色的中年的忧郁，折射出骨质里破损的斑斓。
今天好过昨天。而幻觉中不安的明天呢?
一只蝴蝶，悄然栖息，仿若一朵岩石上骨头的花冠。

废墟

——祭父十年

风霜、雪雨、石头、回忆。
那些正在消逝的悲欢，是暗淡寂寥的废墟。

丘陵、炊烟、姓氏、骨血、碑文。
这常常让我在黑暗中惊醒的，是缓慢苦涩的废墟。

生育、成长、教化、浮名、虚誉。
在您走后的十年，每个时刻，都是正在诞生的废墟。

书本、经卷、残墨，刻意潦草的字迹，
沿着河床依次排列的草木、村庄、城邦、偶尔的国土，仍是不可逃离
的废墟。

在所有的花朵谢幕之前，在您尚未苏醒并抵达您之前，
一生，不过是过早坍塌的废墟。

在合适的高处停下来

蓝天、青烟与绿草之间，一只鹰滑翔于云端，眼含秋水，邂逅了游牧者飘动的情思。

另一粒音符，舞动漫天空茫的隐秘，像是为谁弹奏，又像是为某种契约，踏浪而来。

古刹凌云。树木的阴影在燃烧。火焰有多漫长，它的岁月就有多遥远，所有的史迹都不显得多余。

我站在古刹旁，把心放空。

不远不近，光影正好映出一张被时光淬过火的脸，仿佛某种隐喻在闪现。

迎着回廊、殿门和向上的台阶，多少人心燃成轻烟，多少寄寓悬出红绫，多少往来和生死流逝成反复吟唱的佛音。

这世间，人有错，花无病。我不来，青草依然自在地了悟。

旅途中，日日要做的必修课，是在合适的高处停下来，沐浴灵魂，放下善恶，不念因果，远看尘世、流水，近听花朵、甘霖，不悲、不喜、不爱、不恨。

任凭清风等明月，夕阳度我如菩提。

如果还能再上升一点，我猜想高处一定还有更远的远方——

不可能只有救赎的纸灯笼。

不可能只剩祈福的观音柳。

不可能不遇见另一颗菩提心。

残荷

自画布浅浅的幻景处，残荷醒来。
泪如残迹。隐逝的青春，化作小心收捡的颗颗莲蓬。
赭石的苍果有了岁月小小的弥漫。

荷未死——荷在陶罐里栖息、悟道、坐禅、沐春风。
荷未亡——荷在墙角问佛，听火车奔驰，闻风生水起，看高朋满座。
荷虽已枯，却有一颗节节扶疏的心。
荷虽已干，却有一脉不逝的浓浓骨血。
荷借时光之手，勾勒一生的荣辱。
荷皈依于一幅画——它已得永生。

朴素的真相

在一座山峰极目，需要征服恐高的眩晕和阴影。

在你的眼前，峰顶在摇晃，然后是山腰，最后是山谷。

仿佛整座山脉在位移。

而一个清醒的方丈告诉我：是云层在飘移，树木在舞动，流水在冲荡，是整个世界热烈的钟摆在摇荡。

善思者穷迷途，辨风水，究生死。

眼睛和心灵是一切秘境的布道器，一直试着念出真相，说出并非想象的碎片中全部的敬畏与执念。

不可解析的源头盘亘在我们心间。

如果此刻，你禁不住要对这盛世行礼，必要的流程是：正腰，取手，举肩，齐眉。

而群山仿若另一个我，应和着胸腔的轰鸣，发出一阵阵嘹亮的回音。

大地的骨头

神提着最高的山峰，登上天梯。

这夜晚唯一的烽火，白日独有的花蕊。

还有一些山脉，引体向上，却仿佛在摇晃，在眷顾——越高远，越渺茫，越孤寂。

更多的山峦匍匐着。这连绵的烟火，花朵的经脉，如此接近尘事，接近草木，接近稀薄的爱和凋零的恩仇。

四面都是群山啊！这大地起伏不绝的骨头。

一株野草，和我一样，正在细微的骨隙间倔强生长。

观云

有人在河谷仰望。一个浪漫的种植者，把云种在山巅。

看不见种植者的身影。谁在反复练习播种，耕耘，收获？

其实，在想象与现实之间，我们注重的是表象的果子，谁在乎事物漫长或迅速幻化的过程？

云自眼底，灵动飘逸，包容天地。还有什么别的事物，正在此刻一道缓慢生长？

我始终相信，变幻的天气如同葱茏的云，又恰似一个人逶迤的心绪，一切都与生活保持着紧密的联系。

譬如此刻，我有着突然闲适下来了无牵挂的迷茫与混沌，像高原反应带来的预料之中小小的惶惑。

而现实是，阳光仅仅在云朵碎裂的间隙才有所照耀，生活中总有欢愉从夹缝里探出头。

一位果农，突然抬头看着天空，他青葱的果园里最后一粒浆果，刚刚被一只飞鸟啄破，带走。

更多的云，被鸟影带动，开始缭绕山巅。一座大山被拥抱在云的怀里，飘浮，沉落。

天空铮亮，一片蔚然，高不可攀。

看上去，犹如我身处无声的山谷，而心底恰有愈加辽阔的波澜。

登临

云朵沉寂，曲线安静。
隐约蜿蜒的石阶，被每一位登山者的心跳磨砺出金属般坚硬的亮光。
一座山深藏的历史，在风声里打开又闭合，像思考者艰辛的自省。

林木送我大沉默。
岩石献出的空蒙山色如此明净。
池水里，一颗皈依之心抬升了局部的山势，一瞬间接纳了更多的问询。

所有的史迹只剩时间的瓦砾。
亭台、庙宇、风铃，一座山的心脏。斑驳之美成为探险者寻访的另一面。
有心的拜访者，仿佛听到了前人未曾坦露的消息。

一座山仅有的高度，被时间带走了一部分。
继续登山的人，能够抵达的山峰，不再是我们攀缘过的海拔高度。

进山

我知道闪光的山林有无尽的秘密。
风中沉默的石头在飞，性灵的草木在飞，唱戏的虫子在飞。
白云的羽毛，我专注的目光，接近天际线的丝绒在飞。
我漫漫如旗的身体在飞。

山水既用来挑战，也用来安放灵魂。
瀑布成幔。流水如泣。一条山道不可扶以纤绳。
芳野幽深，佳木繁荫。青鸟叫着我的乳名。
当一切停止飞翔。
山水之乐，犹如罂粟放纵的毒，花间仍有百媚生。

继续进山，在光明的峰谷与阴影间延伸并不寂寞的足迹。
暮光里豁达的蝶翼，消失于萤火的光环，夜色中孤绝有灯盏。
退是濒危的绝壁，进是巍峨的溪山，之间是风中并不孤独的石头和松涛。
我以萧瑟之爱，获得足以与尘世对话的新的告白。

时间修远。自然的烟火，在黑夜散尽。
谁是黑夜的主人？
我用出土的麦芒和隐世的露水，在空谷里酿酒。
举杯时，静水深流，山色如幻，它们共享了我的豪情。
醉卧落木时，万里青山，陡然爬升至直挂云帆的中年。

山中遍布的微光令人心痛

时有念想。但并非：

把山间的云水收集就获得了水，你遣散了枝头的蝉声就放逐了心中的潮汐。

不可能无乱石，无湍流，无阵风，倒悬的朽木和瘦小的坟茔。

原来的秩序，不可能无转换，无裂纹。

我在你刀耕火种的薄薄的心上取土，在你秋去春来的嶙峋的身上裁云，山谷的层次好像又增添了几分。

牧羊人的鞭子拍碎的空中，一半的春风流连，一半的苦涩起伏。当它们变得密集，山谷里一定有迷失的声音在转动。

除了那些失踪者，所有留守的石头错杂在一起，相互眷顾，替流年保持缄默。

这大海的殉道者，人间最忠实的永不散场的小观众，从未放弃那烟花若水，山色如暮，祥云沸腾，并时刻承受着：

山中，那遍布的没有阴影的微光令人心痛。

青城山：与云寄怀

青山浮游，云朵万里，静水深流。

拜水向自然，问道访深山。水源自雪域，道来自人间。

霓虹在左边的黄昏，乱流自右边的瞬间。我居中，不向上，不向下，不左倾，也不右倾，机会主义难以混入此刻天然的混沌。

清溪乱流，鱼遁入不可知的语境。

山色飞渡，眼里尽是浩渺的烟波。

演舞台，陈色斑驳，花容浅淡，上演着人工的清词与谱段，三舞两步，有板有眼。

好像只有我，在台前独坐，听音识韵，鸣鼓击节。一身一茶，一悟一笔，静想，然后写闲散而有意义的片段。

青山唤流云，翠微锁江濑。

词汇攀入云层，坠入峰峦与密林。我能够捡拾与仰望的，只有小小的卑微，细细的敬畏。

岭色微光，鸟啼绽放，新月泊于一阕古词。

自在的你我，停留于不急不缓的江湖与天荒地老的人间。

滕王阁

某个朝代退隐的时刻，岁月终于落满江湖。

江水和从前一样，稀释着经年的时光。绝迹逢春，好古的人们总喜欢用遗留的事物表达理想。

乱世烽烟中，你如何经历二十八次迭兴？

某个重阳，你汇集了命运的草图、丹青，在失而复得中终于找回了时间的高度。

朋友让我拜谒王勃，与他一道赴宴赏秋，看珠帘暮卷，闲云潭影，一同吟诵熟知的诗篇。

今日观阁，想象春天如何献出春水，瓦当渴望甘露，野草索要花朵。悬鱼，也有了逶迤的飞翔。

落霞、孤鹜、秋水、长天。只不见长江悠然、雁阵惊寒的景致。萍水相逢的，仍是高楼霓虹下的匆匆过客。

在若有若无的追忆间，思想安静于斑驳的词语。

我慢慢知道，秘境即是仰望的边陲，即是为记忆而重生。

你看，那迎送的两翼，欲压水，挹翠，

欲用过往的史迹，清晰地勾勒出丰腴深重的江南。

春过凌云寺

乱世已远，北风舒缓。春雨偷渡山门。

真假的僧侣，眼前桃花微露的骨朵儿，可是那群曾经伤心的红粉？

黛墙深锁，朱门如渊。

时有杜鹃鸣，间有木鱼声。

我问：从未甘心的世人，眼里是否有真佛，内心是否有真禅？

我再问：从未放下抱负的高人，江湖焉在，庙堂焉存？

万物化育。梵音远散。

我把自己轻轻放下，连同面具，连同秘密，连同已知的前世与一无所知的来生。

游万峰湖记

　　一座深水湖，要如何在浩渺的烟波和潋滟的湖光里辨识曲径通幽的去向？航标刻在水手眼里，好像一个个闪烁的虚词，浮游在南盘江回澜的水面，竟也有了一种慵懒的坚韧。

　　需要一个合适的身份，验证获得这份山水迷途的路径。

　　相对于匆匆过客，我愿意怀抱执念，做一个虔诚的仰望者，清醒的膜拜者，洗滤了铅尘的顶礼者。

　　四野水天苍茫，奔突的植被因阳光与水汽的氤氲而倍加葱茏，似有什么陷入险境。

　　万峰在前，千岭退后。山脉突然隆起、沉降，在时间的沙漏里淘金。

　　一夫当关，万夫竦峙。嶙峋的骨头承受着时间的煎熬，恒定的生死水落石出。

　　随着湖面荡漾的静寂，我时而在左，时而向右，用一切可辨与隐匿的事物慰解一颗心，然后与眼里升腾的白鹭，一起在空中飞。

嵯峨之于仰望，是悬崖保持了平常心，并把某种持久的欢愉植入漫长跋涉的水之怀抱。

　　沉默之于回响，是逶迤峡谷伸出轰鸣的瀑布，在跌宕处相互攀缘，慢慢漩洑出契合之意。

　　呼吸之于肺腑，是急遽应和体内的水土，弃绝身体里的苦物，贪婪撷取沸腾的负氧离子。

　　蜿蜒的目的地好像没有尽头。看得兴起时，经验主义的水手望着远方，突然折身而返。

　　还没看透这绝世之美啊。在分针和秒针交错的风中，心里忽然有了折翅的落差，归途竟抱着深深的遗憾。

　　但我仍有所得——

　　此水非天上之水，也非嗟来之水，必是喀斯特的泪水。

　　此时的两岸青山，不只是青山，竟是相对论之鼻祖。

金山湖畔

黑夜教授湖水练习吐纳术。

一滴水悄悄收藏日月。

一圈涟漪，足以放大对远山的倾慕。

我看见欢笑之水，苦难之水，在霓虹的光影中不停地旋转，直到揭开
白日的面具——

那些黑暗的源头，生死的秘密。

东湖暮晚

荷叶扭腰，垂柳折扇。花是岁月流亡又复苏的暗物质。

湖水不知深浅，鱼虾藏在暗处的水底轮回，石头被雕刻成颓废却不朽的样子。

像闪电一样，我来过几次，也迷失过几回，但总会获得几分温暖，覆盖我蜷曲的身体。

距繁华并不遥远。灯火阑珊时，远近的山水，婆娑的树影，在夜幕中留下逆风飞翔的空白。

昨天的月色在今夜消逝。雨点猝不及防，还有避之不及的细碎虫鸣和一声低回的叹息。

远处的天光，接近渺茫水色。而涟漪，不过是天涯之一滴。

我相信奔雷是为我而来。这坚硬无形的锤体，似要修葺我体内浩渺的山岳。

在弯曲的木质栈道上，沿着身体的血脉，我问：

他们走过的路，和我正在徘徊的路，有什么不同？

他们留下的时间，是否正被我不经意间一一挥霍？

小写三星堆

大地收藏星辰。

一颗，两颗，三颗。连同我的纵目，你的瞳孔，我们迢遥无期的眺望。

黄土，陶瓷，玉石，青铜，白银，黄金，混迹于先人聪慧的骨头，漂泊于辽远巴蜀的丛荒厚土。

面纱揭，真容透，眼睛和心一样漫游。且慌乱，且肃穆，且敬仰，且让斑斓古色慢慢渗透灵魂。

天空海一样地蔚蓝，云朵雪一样地安详。菜花还秉持着几千年的芬芳。黄土安静，岁月无声，春天捧出精细的山水。

大鸟无形，大鸟未曾收敛几万年的翅膀，大鸟的光芒依然披闪着万古的荣耀。

面具已成史迹，锈迹已呈风度。巨细之间，毫厘之间，阳光与尘埃之间只隔一层薄透的玻璃。

且静观，且冥悟，且看春天的脚步如何丈量文明的旅途。

化土成器，土有幸焉。以玉通神，玉也祥焉。烈火熔金，火如佛也。万物皆是俗物，人心也是凡心。万物亦是上品，人物亦可登天。

我亦有幸，我不登天，不戴面具，只守住一颗最接近凡尘的心。

沙河写意

出门向左，径直处，有沙河奔腾。

由东向西，流水终怀日月，它的出发与告别不仅仅是为了另一次相逢。

它带着最简单的行装，也带着沉重的爱与泪水，时刻清洗泥沙俱下的思想，惦记荣辱与共的城池。

愉悦时，它不忘记蜿蜒。悲伤处，它不停止轰鸣。

因为浑浊，所以积淀。因为碧波，所以荡漾。

不需探究源头和终结，只需关注它的持续，激荡，看漩涡收敛波澜，并不平缓的水面聚散了不失温暖的姹紫，嫣红。

两岸水草顽强地生长。一枚草芥与一滴流水携手相望，出生入死。

它们的茁壮在于，流水如此丰盈，欢乐的小虫子同样迎来了春天。

沙河偏居一隅，自有流年逝水的悲欢与爱恨。

时间写下契约：让一条河恒久地依附于草木，让一座城陪伴一条河所有的孤单。

此刻，你可倾听浓荫掩隐的沙河小巧的流韵——

那映照水底的缓慢火焰，那跃入水面的卓卓群山。

府南河畔

河水东流，一去不回。
夜晚的光影里，我站在岸边，渴望成为你最纯粹的部分。
但我仿佛已身随流水，被卷进时间深处的漩涡。

晚风吹醒了疼痛的骨头。
沙粒掀开了记忆的基石。
流水让我露出了一生的破绽。

我通晓驾驭术，却再也找不回一条船。
我的脚下有许多路，却再也找不到穿越的航线。
河风再一次吹拂——
我听见夜晚无边的静默，悄然应和身体里血肉沉缓的低鸣。

净音寺

山色庄重。木鱼噤声。

钟鼓回到从前。

梵音有五种清净相，此刻默诵于微妙的内心。

所有的人都不说话。

所有抵近的声音都沾染了凡尘。

我们都是人间净角，需要还原某些本质，清源净流，让内心有一座澄净的凌云孤峰。

矜肃暮色里，通天的石径上，朝山下返回的人，仿若得净妙道，表里俱净。

每个人，都持有了一张素净而朦胧的面孔。

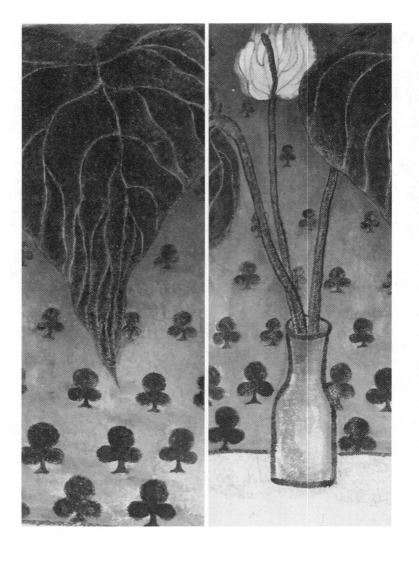

晚寺

近于虚无的肃穆、幽静、清冷。
近于幻境的飘曳的烛影、低沉的梵音、婉转的风铃。
黑白影像间空寂的深庭、缄默的木鱼、摇动的旌幡。

天下俱黑。
时间的微澜——
斑驳的深渊，荡漾的非虚构的祷词，
一位寂寂小僧明亮的呼吸。

入寺所见

必要的祷词已充盈于心。须执之礼已用虔诚的身体表达。

此刻，必得重新认识另一个戴着面具的你：

眼光如婴孩，神情似信徒，骨头如轻烟，体内的血寂静如飘扬的红缎。

顺便看见：

一棵树因终日接受教化而变得肃寂，一池静水在缭绕的经声中伸出了翅膀，一尾锦鲤在木鱼的敲颂中熄灭了飞翔的欲望，一群洁白的鸽子伴着轻吟的风铃绝尘而返。

我立于一座残破的石碑前，细听可辨的呼吸：

古旧的声息从斑驳的纹理隔空而来，似花朵绽放的声音，似雪扑簌簌的声音，似钻木取火的声音，更像是裹挟着一缕缕香火的泪水的声音。

黄昏云图

　　黄昏的云图收藏了火烧云溅落的赤金。

　　往后一步，它要锤炼星月的白银，黎明的青铜。

　　被一再凝固，旋转的光线，新鲜的风声，尘屑的重量，关闭眼睑的花朵，伸开怀抱的树冠。

　　大地上无我的肉身，收敛，关闭了火焰。

　　月亮在云图里进退。

　　有什么在追赶，在坍塌？又有什么在停顿，在重建？

　　云影绰约，光晕的涟漪交替擦拭光明与黑暗。

　　有人在练习目力，咏叹和深沉地呼吸。

　　云图收敛了翅膀。

　　一条来自深渊的鱼，越飞越高。它不眠的眼睛，已遣散了人间的泪水。

　　天空用自身幽暗的微光宽宥了大地阴暗的人事，失意和绝望退潮。

　　善德永在。一如云图里永存的残简，散发出旧时代的低音，并应和了一轮满月的心跳，向一个新时代的夜晚致敬。

山中望雪

露出峥嵘的，恰是你最渴望的那部分。

无声无息，只现形色。且不问它何以苍茫。

六月有雪。其实是山峰背阴处尚未融化的一小部分，像是某种被轮念的种子，习惯被云遮蔽，被阳光忽略，在暗处留守纯粹。

只在有时候，突然在阳光的照耀下，在一片青葱的山脉上亮出它孤单的曲线。

我不后悔等候一个清晨，一如不后悔对万物的辨识，知之愈广，识之愈微。而此刻的眼眸深处，仅有一封等待开启的锦书，上面只书写了我如何抵达中年的庙宇，暮年的荒丘。

我且陪着沉默的山丘，向那仅存的雪线，肃然自省，躬身行礼，一任雪的文身古老，一任雪的骨头苍茫。

是的，我只相信：

残雪有什么样的颜色，我就有什么样的光芒。积雪有什么样的声音，我就有什么样的轰鸣。

黄昏山中

落日悬于空谷。往来的山风折射出隔空的余晖。

恍若世外的一盏灯，让清冷的山间变得温暖。匠心的灯光，缭绕的光明，在黑夜来临之前，绝非可有可无的应答。

谁慈悲的眼睛，收容了清风中的密林、巉岩、飞鸟的隐迹。

谁力不从心的脚步，从踌躇间继续出发、加速。

无限河山缓缓退去。

要在日落前攀上危峰，俯瞰绵绵景象如何安然于暮晚。

要摘最后一片夕阳，用作今夜的柴火，点燃异乡人心里的火焰。

晚风里有禅，浅浅的咒愿。山林里有不可触碰的小妖，寂寥中唱出了净心的相知曲。

弦月出山。幽林荡出晚钟。

古道上，走着最后的牧童和嗷嗷的羊群，高一步低一步，重一声轻一声。

看山识山

烟凝积水，露湿空山。

一滴流水，如何滋润瘠地与宿草。几树花楸，如何把果核收藏如佳酿。

垒石成屋。散落的村庄，如何在僻静的领土包容乡愁。

谁看草木生死，看风云轮回。

我只看，微弱生命如何以坚韧的风骨保持与生俱来的定力。

溪山清远，鸟鸣心愿。

山色自超妙，波澜人不惊。

雷霆恰如佛灯，映照澄高的闪电。

僧影不再笃定。僧袍里，高于生活的肉身恍惚。他也渴望：面朝大海，春暖花开。

月色还乡，不急不缓。

一风一蝶羽，一树一密林，一水一湖海，一雪一峰岚。

偶然的旅人，淡如最远的晨星。

他知道，秋过知冷，松柏延年。时间有尽头，新花不重开。

他更知道，万境万机，一知一见。

西山释怀

　　西山沉浮。叶脉初红。

　　浅池低吟处，锦鲤在时空的倒影里翻腾。隐于林间的古寺，有着被美所眷顾的阴影。

　　林木，溪涧，飞禽是新的。蜿蜒的道路仿佛也是新的。僧袍，道衫，和我一样的旅人穿着闪亮的新衣。

　　万物耽留激情。北风用不易觉察的琴声，虚构神曲。

　　在陈旧的山色间，似有故事仍在发生。或有淡淡隐喻，在某个时辰，闪耀出仿古的善念。

　　一粒星辰，历尽劫难，终于释怀了黑夜的因果，因此拥有了漫长的光明。

　　也许我能听见，这山色素颜的流韵，这花木扶疏的馈赠，这大地反复辉映的春秋。

南山眺望

南山终年北望。一年又一年。

风吹不散向远的眼眸。目光，烁成最后的冰川。

一天又一天。南山，将说不出的心思，化作一道道素墨，在风雨中等待谁的迎送。

山色青翠。垂暮的南山，一瞬间有胃疼、肾亏、虚火的自咎，有破损、颓废、衰退的伤悲。

唯有飞鸟衔枝，于不高不低的林间不倦地筑巢。

一个旅人，隔岸观照。

他取出身体的放大镜，看冰川如何存放火种，看素墨如何勾勒绵延的声乐，看自咎的伤悲如何缝补日渐崩溃的内心山河——他对南山说：

待有一日，云朵安详，蓝天歌唱，那从北而来的人，从东而来的流水，从八方归回的车马，涉过忘川，慢慢抵达爱恨的峰峦，从容地省略了彼此重如生死的诘问。

山中素颜

　　山水临帖，模仿素旧的线条。
　　脉络蜿蜒，似在寻找散失的地平线。我看清了它内心的急迫。
　　抑或是为了更高地倾听，它不断拔升与众不同的走向。

　　鸟在山腰飞，它徘徊，沉降。它和我一样常常迷茫于上下的平衡。
　　林木长出新骨头。多汁的藤灌另有深意。
　　风木沉浮，俯仰星辰。时间宽恕了过客的生死。

　　山中，我的双眼有眺望的箭丛，我的皮肤披满青色的袈裟，我的血液
里有日月的恩宠。
　　我提醒自己，小心冥观：
　　溪水，如何收拾大地潜伏的火焰。
　　黑夜，如何把我带向没有远方的他乡。

四月山中

只有四月的骸骨，云翳的倒影。
只有复苏的脚步，寂静如同虚脱的呼吸。

值得纪念的东西已不多了。最深刻的花朵已经熄灭。
能够把另一颗种子深埋在你心里的人快要绝迹。

孤单的鸟飞过，
好像要把你心里越来越稀薄的森林带走。

在无数灌木的簇拥下，一枝盘虬的杜鹃
沉默着伸开手中的故事，几声人类的欢叫唤醒了花瓣的苍凉。

没有人在悬崖边走动。只有一粒不知名的灰白的种子，
向你燃烧、突围，却又激烈地沦陷于一座山冈的风声。

山中无事

山中能有什么事呢?

灌木逶迤,林木因落叶而繁茂,苔藓把阳光抬高了几寸。

困兽解禁,飞鸟留下枯骨,松鼠与松果接头,石头一点点风化。

万物因循环而保持了旧模样。

牛羊欢叫,它们永远不会走上绝路。牧羊人看起来只是一只悠闲的头羊。

土豆、玉米、红薯,从果实到种子,中间的一部分让它们得以幸福地活着。

山道上偶尔的车鸣惊动了嬉戏的孩子,一位少女开始默默关注那个时常带给她惊喜的少年。

小沙弥对眼前的经书似懂非懂,任它在烛火里一页页随风翻动。

经幡只是陈旧了一些,寺庙也是。

阳光虚心接受着事物的反光,风声里的花蕾拉近了与蜜蜂的距离。

雨水正从远方赶来。坐在山巅眺望的人正是那去年走失的人。

与山度日,日日都是好风景,好像什么事都没有发生。

移动的南山

沉醉的秋天。花瓣收藏盛世。

风扬弦管。蝉翼憔悴。金黄的豹子苏醒。

盗火者取出淬火的钥匙。

他打开天堂的门庭，把一座山奉献给星辰。

稼禾卸下辽阔的丛林。

新的，明亮的种子，随着秋风，破壳而出。

破壳而出的还有迟暮的山岭，青春的城市，活力的原野。还有沉缓的心境，无邪的念想，高扬的精神。

沉默的不再沉默。白杨撩出高尚的剑锋，遥指南山——

南山向后，缓缓地移动。

山中所见

草木静寂，流水纷乱，村舍隐隐，庄稼不见踪迹。

栖鸟奔走于落日，苍岩石丹青。天空，弥漫着与人间不一样的水墨。

我驾车于蜿蜒山道，恰似行车于人生之陌途，小心翼翼，不断放大内心的敬畏与惶惑。

我记得很多次行驶于同样的黄昏，耳畔的清风，眼里的万花筒，一次次容我短暂地分出回忆、向往的心神。

群山缓慢，光阴下沉，这一切似要回到不可知的时间深处。

路途向西，流水向东。我是否也只能放慢速度，回旋手中的方向盘，一次次回到宿命的起点？

眼里所有的事物都是旧事物，而所有的旧事物都有新奇迹。

孤独于世的，唯有这不断变换方向的车灯，唯有车里的我，那么谨慎、小心地掌握着自己的命运。

白桦林

天高地厚，山冈沉醉。

阳光的针芒在林间跳跃，像一颗闪动的灵魂追逐光阴，不停地叩问人间的冷暖。

黑夜幽深，星辰从容。大德修隐，银质的树身沉默不语。

林间小虫啾唧，生死坦荡于春秋。

白桦树睁开眼睛，无来由地潸然——她总是无节制地献出洁白的身躯。

每个瞬间，都是挺拔的瞬间，都是昂然的瞬间。

我深悟——

她的身体里有节节攀升的江湖，

她的劲节里有不偏不倚的庙堂。

大风

　　大风。一个孤独的骑手，旁若无人。凛冽的长鞭，追赶空中拙笨的牛羊，奔腾的马群，跃入时间的草原，幻变成雷霆与闪电。
　　理想主义的风，一直戴着谜一样深沉的面具，它从不为任何人停留。

　　你诉说过被它吹拂的苦痛，也畅想过被它疼爱的晚景。
　　更多时候，我们迎着风，感受它如何起伏荡漾，如何留下更多斑驳的青铜。
　　而大风告诉我一个秘密：一些暗疾从未离开人间。风一直在努力实现自己的理想，但从未让这世界脱离最深沉的安宁。

　　夜幕中的鸢尾花，正发出一阵阵惊喜的尖叫。

眺望

秋山迢遥，不见踪迹。

谁在这漫长的成熟之期，释放无法回收的苍茫？

记忆里，群山的起伏如我青春的版图，层叠着，抵达过一座座山峰的高度。如今，它们正缓缓下沉，似有什么在冲撞岁月的基石。

我珍惜过静水深流中的每一片热土，每一颗种子，每一个良辰，每一次行旅，我获得过你们不曾拥有的力量。

如今，它们正在走失，像漫漶过大水的字帖，渐渐泛出中年的枯寂。

最简单的眺望，已成为日常生活的一部分。

故园不可见，巫岫郁嵯峨。

更多时候，苍茫散尽，浓重秋色从冰冷的天际线上喷薄而出，蔚蓝漫卷，风声金黄，一朵云正以不被察觉的婆娑之姿缓缓移动——

它要带我跨越时间的深渊，涉过秋林的山谷，也让我在高楼的玻璃前，一次次看到自己在沉默中闪烁的影子。

凝固的锦瑟

即使一片云，也比内心的国土广袤，比脑海的疆域辽阔，比过往的烟云厚重。

即使云霞散去，星辰沉落，暮色如刀，高原重返大海。

阳光退散，万物寂寥，空虚的舞台人影飘忽。

也不知劳作的人影哪里去了，剩下的渺茫还有什么意义？

黑色虚空的另一面，或将呈现另外一个世界——

亦可是平缓的海水，旁若无人的火焰，

亦可是忽然隆起的骨骼，被葱郁宽恕的得失，

亦可是凝固的，足以用来深藏爱恨的层层锦瑟。

白云间

我干净的眼睛，我的白衣裳，我轻盈的果子，我自由的汪洋。
它们小住于白云深处。

一滴水，足以送来乐音，交集悲欣。它是我小小的殿堂。
里面住着经幡、香火、木鱼，也住着花朵、甘草和伤痛。

水在云游。白色的世界里，另一个我止于流荡，止于怀想——
一双慈悲的翅膀，正独自修葺那光芒闪烁的羽翼。

欢慰

世界幽闭。而你的内心，是否永久保持着向上的激情？

为什么不快乐？

一片叶、一粒沙、一缕风、一个脚印，平凡、耻辱、荣耀，不过是瞬息明灭的奇迹。

爱或恨、喜与忧，每一个时刻都应该镀上终生难忘的记忆，都可成为无奈的苦笑抑或发自内心的欢乐。

情绪的意义在于保持生理与思想的平衡。

淡忘那些可以表述的。学会在不确定的时空中寻找那些难以表达的欢慰，在欢乐的本身之外寻找欢乐。

你说：孤独即欢乐，连沉默也可成为激扬内心欢乐因子的源泉。

必须保持足够的乐观主义哲学。

雨不来，风在吹，人影孤单。

生死形影不离，苦乐相随其间。

恰当的做法，是让一个人继续保持孤单，让诗与不可捉摸的灵感回到殊途同归的城堡，在城堡的废墟中找到令你惊讶的火一般欢乐的源泉。

雪即将来到。唯有诗句，尚可继续冒险，并从幻景般的历练中结出欢慰的硕果。

墙头草

庆幸于自我的卑微，被忽略，被遗忘，自然的雨水和微尘拯救了我。
我站在自己的影子里，向身边的事物鞠躬，点头，始终含着笑意。

关于我的谚语，比喻和象征，让我总是低下头，羞愧一生。
当风吹来，我内心的抵抗多么无力。我的身体，只能妥协于相反的方向。

风吹送流水、鸟鸣、山河、身边人。最快的，是闪电卷走雷霆。最慢的，
是爱变成恨。
只有星月、飞鸟、露水、落花，这些自由、高贵、明了世事、懂得自
守谦卑的朋友，给了我无尽的抚慰与慈爱。
万物在消失与重生中流转。

我慢慢学会了人类的生存术。
他们教会我如何在尘世最低处保持平庸——
和他们一样，我爱着这悲欢的人世，我也有同样伟大的生死。

重新获得的火焰

露水滋养着一个古旧的陶罐，仿佛隔岸之人身披倒影。

陶罐里，去岁的莲蓬并不憔悴，也不绝望。

西郊的湖水，仍等着那寒风中折返的人。

苔痕新绿，如时间有裂缝。

陶罐上，间有泥土挣扎的落痕。落痕有意停顿，把无人看护的春色收留——

哪怕是人间最简单的素描。

陶罐如顽石，尽力绾住逝水。

小而汹涌的词语，淹没了罐口之上的天空。

吸引更广大的沉默，涵蓄不易察觉的风景，也囵住一双眼——那沉甸的日历和因膨胀而流逝的圆润的光。

爱与不爱，都沉浸在升腾的时空。

美如残垣。陶罐的前世与今生。

七只笛孔浓缩了并不相同的表情。

它发光的声音，因磨损而变得低沉，因固执的耐心而重新获得消失的火焰。

草色入帘, 青的是旧痕。
又是一年, 风吹破了迷途, 落花长成少年。
我的双眼越过旧草痕, 青蓑衣,
一只眼望尽岁月长河, 一只眼盛满浩荡荡落日。

旧草痕

草色入帘，青的是旧痕。
又是一年，风吹破了迷途，落花长成少年。

旧草不沉沦，不悲亦不喜。
奔马碾过尘世，闪闪发亮的，只有奔跑的铁轨，潺潺的江河。

我的心中有流水的地平线，聚散了那么多纷纭的脚步，迷失了那么多渡口和山峰。
我的双眼越过旧草痕，青蓑衣，
一只眼望尽岁月长河，一只眼盛满浩荡落日。

静物

万千稻菽，是谁绵远的锦绸？

缄默群山，是谁朴素的幻境？

盛大的落日，仿若久久不散的夜宴。

闲散的人流，生动起伏的小画卷，每个人都不显得多余。

谁手持丹青，画内心的凹凸？

声色藏于夜阑，凡尘归于沉寂。

明月徘徊于山河，谁空有一双慧眼？

夜雨无声。另一种视角：它或淡，或墨，它无须深藏。

且碎，且凉，且静——

万物神秘，它们将提前抵达涟漪漫卷的春天。

微光

我看见的水，素有凝聚之美：
第一滴，在星辰的碎影中收藏黑暗的微光。
第二滴，从微光的火焰里取出沉默的闪电。
第三滴，用集结的闪电映照大朴不耀的春秋。
…………
众多的水，磅礴一切被恩赐的力量，
把闪电照耀的春秋推送成澎湃不朽的祖国。

小谣曲

习惯仰望，看大地与天空的真相，如何小幅度地流变。
鸟巢的音符，垂柳的线谱。
翠柏扬琴，风月擂鼓。
灌木的低音，谁的指挥棒？

我们都在深深体验。
流年如斯——回声竟是泪水，眷慕于时间深处。
是低找到了高，浅接受了深。
是你嘹亮的呼吸——
鸟语一样轻，花事一样重。

观潮

自在的潮汐：
被压抑的水的秘密，潮湿云朵暴烈的青丝。
沙粒献出浑浊的光，一闪即逝——
是昙花，展开心底的天堂。

一切来得那么快。像前世突然来到今生。
水花里的人影，有另一个人的晨昏。
天空向下。背景里仰望的眼睛，越陷越深。
几滴雨，向上，向右，不停地吹拂——
是你，迅速说出临渊的春天。

长河与落日

忽略历史雕琢的词语，忘记诗句的怆然。

用时间的砝码，度量身体与光影的距离，填补参差的界限。从拒绝到和解，从盲从到决断，我在一束光的指引下找到足以推理的段落。

沿着长河，我看见了落日。

看见了大地与天空中的余晖与镜面相互穿透、叠加的倒影，看见了因西风的吹荡而破碎、隐灭的镜像中无数个无法安随的自己。

顺着落日，我终于找到了长河。

找到了流水、山峰、森林、平原的每一个部落，找到了土地、村庄、牛羊、马群，找到了一个又一个随风出走又无法回归的自我。

为发现自己的落日，我从长河出发。

一滴露水孤独地游走。它凝结、升腾、消失，再度聚合、散发、隐匿。它被大地孕养又滋润了大地，先是蓬勃、葱茏，后是低迷、衰老，最后只剩一颗燃烧的心，还原其本质。

那条蜿蜒的长河，原本是我的命运。

那朵浑圆的落日，原本是我命运的节点。

不是尽头，也不是开始。有海角，就有天涯。

此刻，我还在路上，交替穿越风沙、戈壁，跨过涡流、暗礁。风霜雪雨之间，我尚未发现长河的终极。

唯有深信自己的脚印。

一滴水的秘密令人敬畏

　　一滴世间最朴素的水，汇成远近的溪流、湖泊、江海。

　　它让我相信：水既有形态，也有力量，还有奔赴远方的理想。

　　它有飞翔的翅膀，眼光高于生死，内心潜藏了无数冲荡渊薮的激情。

　　一滴水的丰富性和延展性，让它懂得了溃败和舍弃、瘴恶与彰善，也让所有的河流都有了荡漾与蜿蜒的缘由，所有的江海都有了自我的孤绝与苍茫……

　　酌水知源。自然固有的秘密，远远大于我们对一滴水的理解。

　　滴水穿石。不需陷入真相与假象的悖论。

　　寂静之水，温婉之水，滔滔之水……

　　虚无主义之水，现实主义之水，浪漫主义之水……

　　白水鉴心。清者，是因为时光滤尽了身体与思想的尘埃。万壑争流，浅洼浊水并不平庸，同样令人敬畏。

　　俯仰之间，我能够触抵到的，是比秩序中的远方还要澄明的真理。

涓涓不壅。风起水涌。一滴藏于时间最深处的水，可能孕育着最汹涌的风暴，也将承载世界的海晏河清。

　　日月如流。一滴雨是一枚果实的前奏，即使无法约定与承诺，但那些怀揣灯火的人，始终可期黑暗中的光明。

　　同舟共济者，将一同分享流水的欢愉，也将共同分担浪尖上的惶恐。

　　回旋、跌宕，顺流、溯游。在流水绽放的语境中，感喟总是多于叹息，发轫总会超越终结，热爱终将倾覆冷漠。

　　一滴水，正成为人世的摆渡者，也承载了广袤青绿山水和那些与自由等高的悲欢。

邂逅可能是最好的预期

大雨未至。某种被衍生的可能性正在孕育。

我知道，我早已是雨水中的一滴，即将绽放晶莹无形的微光。

滴水穿石。不需陷入真相与假象的悖论。

风一吹，我就会来到你身边。

我将沉湎于你的线条和忧伤，也将俘获你的自由和传奇。

风尘转换之间，所有在路上的浮萍都将随一滴水的诞生而绽放。

邂逅可能是最好的预期。

风起水涌。一滴雨，无法约定与承诺，也无法满足人间所有的欲望。

但它像一枚果实，让焦渴的人沉沦于无妄的奢求。

我明白，它不需知道源头的深远，也不需深究云图的心事。沧浪之水也有翅膀，像那些怀揣灯火的人，始终可期黑暗中的光明。

俯仰之间，我能够触抵到的，是比秩序中的远方还要澄明的真理。

用一支笔，一张纸，将思想里轮回的水滴轻轻安放。

在干涸与润泽间更迭，一同苏醒的，还有刀锋与闪电。

在蒸腾与飘洒间进退，水的丰富性和延展性，足以冲荡时间的桎梏。

多好啊，在语言融汇的水意中，感喟总是多于叹息，发轫总会超越终结，热爱终将倾覆冷漠。

多美啊，在流水绽放的语境中，一朵花正褪去青涩，一首歌正升腾于江湖，一首诗正朝向远方。

一个伫立于风口与浪尖的人，正如一滴不逝之水，悄然闪现于一江春水的潮头。

一滴迁徙之水与世界保持紧密的联系

流水之慢，一面时光的镜子反复碎裂又愈合。
流水之快，降水的加速度从未找到恒定的规律。
流水之轻，每一个构成的瞬间都有流逝的疼痛。
流水之重，季节在崇山峻岭不停冲荡中水落石出。
河道蜿蜒如大地最美的图腾，淤决恰似新生。

一滴迁徙之水，不停地缩小又放大自己。
静水深流。既有与时光手指相互抚慰的寂然之美，也有流布万物的济
世之悲，更有滔涸奔离、澎湃不羁的惆怅与决绝。
侧耳时，你能听见它在流韵中怀揣倾慕，轻啸如沸，鸣啭千山。
如果用心，你能探究它如何继续与过往的世界保持紧密的联系。

暮色中，已不适于观水，但适于放空自己。
凛冽风语中，想想斯人独在岸边，水息悠悠，沧海游志，天下太平。
一枚落红，轻轻卷起秋天那悠阔的衣衫。
一颗菩提，悄悄坠入明镜。

江水辞

江水清冽。流转千古的波涛不动声色。

倒影里的事物变幻着陪伴流水，一开始甘于平静，后来突然有了直抒胸臆的冲动。

一只白鹭凌空而来，刹那间驱赶了山水之间的寂静。

江水澎湃。河道被规整出新模样。被掩埋的岁月若隐若现。

时间最深处，所有的旧事物，都有未曾淹没的底线。

复苏的风景正试图坦承所有的隐秘。

江水时常被两岸青山和沿途的灯火改变色彩。

它避开挽留的手指，一路向东，只留下失踪的一小部分，在弯曲的滩涂和回水处旋转。

它一直在等待另一个季节的出没。

有人的内心平静，有人的内心汹涌，还有的人等待着涸泽而渔。

江水愈向东，眼底愈迷茫，仿佛一条江的流逝，会慢慢撞碎一颗沧桑的浪子心。

而暗流恰恰在深处潜伏。奔腾的沙石，腐烂的草木，沉于深渊的鱼群。

比苦难更接近虚妄。比疼痛更接近死亡。

而一颗心，随着一叶扁舟，穿过重重铁桥，那么小，几近于虚无。

大江东去

时间的法则：白日运送春秋，夜晚孕养山川。

大江与我内心的澎湃相互抚慰，惺惺相惜。我们彼此拥有共通的骨血。

江水不孤独，它有怀柔术。

它包容了水草、悬崖、飞鸟、鱼虾与船舶，连绵山脉和疯长的城市。

过客匆匆，航道曲折。

泥沙俱下。清水与浊流争夺话语权。谁强大，谁就掌握了一条江的色彩、温度和航线。谁也将领受更多的痛苦与喜悦。

江水流而城不寐。一座城一直与江水对话，与时间共语，它们共同记载了那些没有被时间书写的青史。

黄昏来临，江水再次收藏暮色。

回忆并未消失，新的图景正在诞生。它取出怀抱里的万盏明灯，映照一座座城邦日夜闪耀的斑斓。

奔流

春水开始奔跑。

千里之外的江河，沸腾的丝绸，闪电纵横，如时光斑斓的草图——

如我之翅，如你灿烂的呼吸。

一滴水，大地的小波澜。

另一滴水，来自花开的天堂。水重叠于水，水蕴含了水，像不期而遇深情相拥的两个人。

我的身体里有交错的阡陌，有冷暖的山川，有大海的咸涩，有碧水的柔情，有流水的坚韧，更有你无法拒绝的火焰。

奔跑还不够——

流水如此澄澈，它无欲无求，静如明眸。

它卷起落日，在另一个黎明，捧出涓涓细流。

水的即景

把水埋进雷霆，闪电的春秋。灰烬之火，化作时间的膏土。
江河崇拜大海，流水致谢山川。一滴水懂得恩泽，另一滴水拒绝挽留。

缓缓释放的潮汐，舒缓、跌宕、奔腾，没有不幸也没有失败。
消逝又滋生的秘境。慈悲重叠着慈悲，它们一直在被用旧的途中。

水给了你那么多明媚的涟漪，足够荡漾出世入世的涡流与波涛。
水收藏了你的疼痛、忧伤，世上被反复述说的苦难正一点点消失。

为了获得草木的自由，一定要变成一尾妥协的鱼，长出溶解黑暗的鳃和巡航的鳍。
为了获得洁净的沙砾，一定要用尽沧浪的光芒，用一朵腾迈的浪花追逐礁石上的风暴。

为了获得湿润的欢愉，一定要扬弃混沌肉身里的水、盐、骨头构建的迷宫。
凝目，眺望，倾听。在水的即景处，一定要抑制身体的暴动，缓缓抽离。

远离汛期的江流

一条刚刚远离汛期的江流还原了她的本色。

游鱼、清流、沙滩、峭壁、森林。

一切与凋零无关，与庸常无关，与一切苟且的命运无关——

请别介意，这就是此刻一条江的生活。

还有一滴忘年之水，从江底升腾。它日渐成熟为浪花，为波涛，为万卷之言辞。

它要与风说话，与云唱和，要把一生隐藏的渴望——倾吐。

秋天到了，我不再担心短信提示的潮汛，我只愿意再靠近一点，直到一条江流把想说的话从心窝里掏出。

夜晚：对一条江的记忆

江水向东，灯火向上，天空的星辰也不寂寥。

谁在岸边走，谁在江里游？

有人倚栏：哪条路是自己走过的路？哪条江是哺育自己的江？

谁说出了奔涌、壮阔、气质？谁说出了礼仪、大美、修辞？谁用内心的虔诚，迎候并盛装一条江流浩荡的馈赠？

请容纳时间沉缓的潮汐，请放逐不平静的舟楫。

请用一壶江流，冲洗隐痛、谎言、血腥交织的身体。

我笃信：流水里有最干净的颜色，有我体内的汪洋，有一粒又一粒战栗不休的盐！

晚风起于江流。另一些，来自树梢之上的银月，来自银月映照的村庄。最后一部分，来自游子抖动的双肩。

被晚风荡起的秋声，有栖翅的昏鸦，低鸣的寒蝉，轻浮的旧梦，有浅近的轻霜，延转的陌路，迷乱的苍生。

冷。江水仿佛要漫过身体，漫过九月的夜晚溃散的黄金——而我，只想保持因回忆降低了的体温。

被风吹散的光影仿若千万枚万花筒，那些变幻的光影，要折射出多少相同与不同的人事？

秋天释放出一条大江的斑斓，而我，终于掌握了如何隐藏自己的脸。

暮色收藏了大好河山，也遮蔽了另一些人的影子。他们在晚风吹散的岸边，面朝江流，不露声色。

要学会在夜晚找到光：它有时是一粒沙、一滴水、一颗光滑的卵石、一行浅浅的脚印。

要拒绝幻想与沉默，接受落花、秋果、薄霜、萧瑟起伏的波涛。

要摘下隐忍的面具，直面世人的窃笑。

我知道：夜晚终将收藏一切人世间散乱的秘密。

要相信一条江的记忆——

今夜，我更相信，一切都不能阻止一条大江，日夜东流。

暮雨与落日

落日磅礴。暮雨只是前戏。
彩虹镶嵌于群峰。一颗心连接悬崖。
黄昏里，万物幽暗。
濒临深渊的鹰，迎合了雨声的荡漾。

无尽的秋天，峥嵘的尘世，盛开着从未泯灭的梦想。
短暂的落日，闪耀的辉芒，映射了一个时代反向的忧伤。

水滨

冬日，水滨。黑脸琵鹭身姿优雅。
温暖的深圳湾，海水浑浊。迁徙之苦恰好用于忘记。
鸟的悲伤，从不过夜的悲伤，远低于人间的无病呻吟。

危礁不再喷涌。
即使猝不及防的黑暗里，也有愤怒在消失，也有爱与被爱，也有滑翔
与升腾，在被阳光遗忘的海面轮回，呈现——
那白色的灵魂的闪电，那隐秘的坚硬的骨头。

自由的中心

漩涡里的沙粒。独自一个人的世界。

孤独与寂寞的制造与承受者，不断加深对一个词的理解：自由。

当万物纷纷退散，你将可能抵达那自由的中心。

在风的中心，面对黑暗中杳然的灯火，只有你秉持了温暖的闪电，承续了遥远的雨水。你独自解开衣襟，向北风亮出胸膛，穿越星空的秘境，看时光如何失而复得。

在黑暗的中心，乘着风声追赶更远的远方，只有你听清了飞鸟的鸣唱。你用黑白的棋子划出命运的界线，并效仿古人，一遍遍念叨：逝者如斯——

在家的中心，面对挚爱的亲人，你不得不隐藏歉意的泪水。你时常伸开思念的翅膀，在孤寂中想象故乡山川。你无法抵挡梦中的亲人用遥远而温暖的目光覆盖你的身体。

在命运的中心，面对所有来路与归途，你义无反顾地迎着荆棘。你有足够的勇气对回忆说出欣慰与赞美，对今天倾诉虔诚与热情，对未来表达赤诚与追慕。

而在一张纸的中心，你试着用焦墨画出沉默的虬枝，用浓墨勾勒寂寞的远山，用淡墨洇染澄碧的流水，用清水擦出湿润的云彩。而留白处，一任神的箴言善意铺排。

　　为了让这幅册页充满生机，你独自一个人站在其间，仰望、顿悟，一动不动。

　　万物继续葱茏、攀升，直到一缕遥远的风吹散黑暗，直到黑暗远离命运。

　　直到你从一页纸的家园走出，浑身沐浴着神祇的光泽并回到自由的中心。

真相

我挚爱冬日江河缓慢的流逝——
那枯萎的浅水，收藏了时间的枯荣，也潜伏着另一种奔腾。
一滴水犹可映照万水千山。

江流底下沉默的卵石、流沙、沉木。
两岸低矮倔强的荒芜草丛。
河滩上偷窥的虫蚁。
远处升腾的鸟鸣。

陷于低处的事物解开纠缠已久的尘事，它们更接近了盛大的落日。
溪山清远，境无挂碍。
月光终于接近了真相——
那滔滔江河流逝不竭的根基。

风不兴

云影安详，苍野岑寂。

风不起，浪不涌，群山缄默。

枝条轻垂，叶冠浓密。

风不吹，人面已掩落那些匆忙的桃花、李花、杏花，唯有不败的野花在寂静的山冈升腾。

微风、大风、狂风。清风、和风、暴风。此刻全都被一种神秘的力量所掌握，它们全都保持了前所未有的宁静。

而它们，是否在某座偏隅的庙宇，集体面壁、转经、诵佛？

我小心地攥紧自己，控制欲念，让内心一再拧紧平静安详的发条。身体里的山川、草木，关闭了流水深处的琴声，任漫漶的回忆的根须在石缝间延伸，不问来由，不爱不恨，无悲无喜。

而端坐于虚空的神，并不关注这个季节的风，是否与往日一样动荡。

他缓缓闭上了众生仰望的眼睛——

是的，此刻，他只想取回他曾经掀起过的那些多余的激情。

偿还

在时间的手指上，新叶长成落叶。一个渺小的轮回，不过是一棵树，无期地偿还大地赠与的债务。

古老的根系和新生的种子沉迷其间，乐此不疲。它们深悟了有关恩赐、救赎的秘诀。

一盘棋，胜负并不重要。两个博弈者，对得起无关生死的棋局，也对得起跃跃欲试的旁观者。风吹过，尚能听见他们并不寂静的心跳。

一条长路有始有终，它对得起那些奠基者和筑造者，也知道那些奔行者，终将用归程替代征程。

青山和白云，从不相欠。每一次侧身相拥时，彼此都会道出深情的告白。雨水因此总是潸然而下，荡漾出自然之美。

被夜色掩隐的，黎明将如数奉还。除了真实和虚构的，还有为我们准备的水和盐，陌路和漩涡，船桨和灯盏。

在人间出现的万物，从无对错。我们诞生、热爱、砥砺、消失，时序漫长又短暂，与一片树叶何其相似。

我们的必经之路，也只是偿还迷离的因果——

让从前的我找回自己，让一个我变成另一个永不消逝的我。

智者

又一日。薄雾里，西山像一个正在苏醒的智者。
湖泊、密林、寺庙都是他的侍臣。
鸟声融化于黎明，阳光迈出的脚步总是那么轻盈。

另一个智者抛开隐身的法器，正向西山走去。
我能够想象的，是他们沉默之后相顾的茫然。
不能想象的，是他们一个人如何述说，另一个人如何侧耳，倾听。

真理

从霜降到落日，中间只有关于向下的动词：下坠、沉降、跌落……

从小雪到黎明，其间有更多的动词翻涌：回旋、上升、攀缘、登临……

从星群到大海，隔着一面广袤的镜子：起伏的柔软，锋利的光芒，轻颤的宁静。

一阵风吹向你，长发扬起它的唯物论：尘屑抵眉，目光迷离，风的力量自有磅礴的劲节。

从大地到天空，唯有真理占据了所有领土：落日多于霜降，黎明亮过雪野，雨水高过群山，大海与星群同样辽阔。

只有我和你，难分彼此：风把我们吹奏成一具崭新的身体，纯洁如新鲜的日出，成为真理中最耀眼的辉芒。

大风不停地吹

云岚隐，大风吹。
大风把一万座湖泊吹奏成穹汉的星座。
大风把一千条江河吹拂成彼岸的丝绸。
大风把一百只牛羊吹送成铜镜里的云朵。
大风把十条道路吹打成通往天际的阡陌。
大风把一颗颗冬天的心吹成孤独的雪峰。

大风不停地吹，云屿不断地出没。
那虚空里的水墨，那暮色的马蹄飞溅的星火。
那忧郁里的湛蓝，那夕阳的金汁涂抹的愿景。
那隐忍中的鸟鸣，那浸透天地的惶惶的寂静。
我虽深临夜色，却恰恰碰醒了蛰伏于云天不可遏止的心——
它为我一次次献出壮志凌云的君王，闭月羞花的郡主，众生浩瀚的汪洋，马蹄上飘摇不定的春秋。

风惦记着一切

风总是惦记着曾经吹拂过的事物。

隐隐的故国、朝代、山河，偶尔遇见一张比一张苍茫的脸——风还能叫出他们的名字。

尘世并不虚幻，经历过的和即将闪现的，只有风知道。

意义并不源于事物本身。

时间的刀子删除了意义之外的荒芜，有时甚至让事物彻底消失，但事物因此有了永恒的那部分。

从风中出发，博爱的时光每天都在减少，光影从来都不擅长经验主义的取舍。

它给万物以同等的关照——

每天都有新事物的消亡，旧事物的重新出场。

时光疾如流星。风懂得和它们一道归去又出发。

风从来都是新的，但它从不会忘记和背叛。

有时候，它把往事又翻出来吹一吹——你有幸再见了历史，和那些惊心动魄的面孔。

鸟声荡漾的时候

鸟声荡漾的时候，密林更加幽静。

落日收敛光芒。黄昏的云朵徘徊分散，一些篝火跳动着集结，一部分牛羊堆满了天空的仓廪。另一些，好像一个个面孔模糊，从另外的世界回归的亲人。

苍山杳远，流水清瑟。

虎豹隐身，龟甲残破。只有蚂蚁等待残羹，松鼠的惶恐惊醒了一丛灌木。只有兽骨在尘土里安栖，云雀的舞姿把光阴缩短了一寸。

这些，我同样看不见它们生动的面孔。

山寺悠然，经幡如沸，仿若孤岛飘过钟声。

钟声里的山峰似乎更高了一些。小兽矜持，马蹄再一次把草地的秩序做了修整。野花之侧，镰刀安静，闪亮的锈迹流淌着岁月飞动的声音。

这些，我依然看不清它们淡然的面孔。

而我和齐身的青稞交谈。它把所有内心的赞颂譬喻成冷静的词汇：青绿、翠绿、黄、金黄，也把所有的轮回向我复述：一粒种子如何在风雨里成长，一粒粮食如何在日月中成熟，一滴酒如何成为高原的神祇。

更多的草芥向我述说：阳光、风雨、疼痛、欣喜、孤独、众生。它们一次次压低了惋叹的声音。

——这一次，我终于看清了它们和我一样曾经青葱的面孔。

鸟

木鱼声里，钟磬偶尔有节奏地响一声。
——它从树上的巢窠开始述说。

春风吹散羽毛，血痂刚刚成形。
秋霜凝结了对另一只鸟的追慕。
 寒冬没有坍塌于雪的路口。

流水的深度，不足以让它沦陷。
浓密的树冠，尚能止步于险峰。
黄昏的蓝图，如恰到好处展开的经卷。

它的倾诉，刚要开始循环，却停止于摇滚的闪电——
它再一次看见自己层层撕裂的伤口。

鸟的传说

有一种鸟，非梧桐不栖，非竹实不食，非醴泉不饮。

有一种鸟，不会飞行，一生只能在海洋中浮沉、游荡。

有一种鸟，只生活在大海上，终日出没于夜晚或暴风雨来临之前。

有一种鸟，一生只飞落一次，直到把自己的身体扎进最尖锐的那丛荆棘。

有一种鸟，无脚，不会停歇，没有终点，只能选择飞翔。累了，就在风中停歇，落地时就是死期。

有一种鸟，有三只脚，可以驾驭太阳的马车……

那些飞动的舞姿，在虚空中荡起的涟漪，是对美之极限最好的诠释。

那些不能用文字记述，无法用眼睛企及的美，是故事还是传说？是现实还是期望？

——我只知道，那些鸟的眼睛里，永远深藏着时间的千言万语和大自然无尽的锋刃。

宽慰

大地如水，青山似浪，天空献出云图。
风在雨声里指鹿为马。
谁拨动了辽阔尘世深处的琴弦？
风声鹤唳时，万物似有不安。

必须动用沉默既久的力量，驯服宿命的涛声，安慰奔跑的苦果。
带着渔火、沙漏，带着指南针，带着你，
带着一再逃亡的身体。

对莲者说

即使在隐约的暮晚，她无限的娇羞也令人动容。

此刻，人间的低语荡漾。但我只想听她张开唇，悄然与世界对话。一朵不够，再燃放一朵。

如果一片宽阔的叶脉不足以推动水影，那就唤醒彼此的身体，让清冽的水面保持隐隐的激越。

宿命是一只旧陶罐，缀饰过残荷、枯枝，也盛装过蓬勃的枝叶、灿烂的花朵、饱满的莲蓬。

自然的悲欣交集，吹奏出多少欢乐与疼痛，恰如此刻隐士内心沉湎的空寂。

落霞装点了多情的山水，也在凋零之前收紧了漫长的归途。

最无情的时间，终将视一切如虚妄的证词，如露水悬于脉络，如蜻蜓垂于暮路，如清香燃于钟磬——

如一个灵魂绽放的身影闪现于夜晚沉沉的秘境。

五月

温暖的巢。孤单的幼兽。

散步的蚂蚁。雨后清脆的鸟啼。

带刺的蔷薇。青果隐约的向上的枝条。

活力闪现在每个角落。

五月的风，带我来到暮晚。

星辰濯洗双目。小径斑驳。草芥不忍触碰。

有温度的露水吻我，像旧时代的情人，善良，多愁。

能够轻易察觉的，是此刻的安宁，包括我的故作矜持，卑微而又无人关注的私密。

温暖的风抱紧我，我渐渐忘记战栗，释放了体内时时紧绷的血骨。

沙粒

一个时代的沙粒，足够堆积出岁月的河床。
最初的那一粒，是幸福还是痛苦？
未见开花，不见结果。

沙粒亦可制造建筑之美。
奢华的楼宇旁，三两句风声，
正与墙上坚硬的骨头述说彼此的隐秘。

短暂的热烈

阳光照耀,所有的身体都发出细微的光。那光,尝试着驱散深重的暗疾。
万物自有深意。
我的渴望并非盲目,并非冒险。
星月隐匿时,所有深渊里的小兽都将复出。

一朵花,不需要搬运漫漫长夜的理由。
一个人,需要不停地拥抱、转动、苏醒。
被浪费的黄金、白银,终将化为石头、沙砾,与尘世结下不解之缘。
像阳光一样,在与不在的誓言,都有自己的邂逅与动荡。生与死的缔
结,都有不可抗拒的真相与法则。

我理解,所谓热烈带来的刹那喜悦,大都一腔情愿,似是而非,带着
孤独的羞耻。
但足以在我低头那一刻,疏解这辽阔人世的明与暗,这沸腾记忆中的
轻与远。
我同样理解,阳光下用面具取暖的人,用慢慢消逝的温度,换取着短
暂的自由与慈悲。

陌上

道无言。

道羞与陌路并肩。我从不与陌生人说话。

陌上。春天。

一步一回头，远行人泪流心底。故乡沦为天涯，天涯即是故乡。

道上满是荒草。道陷入阡陌，世界到处是我不认识的人。

法无法，道非道。我已不能认识我自己。

无法即道。

我知道：我已不可知来由，更不可辨明归途。

另一种表达

屏幕里，琴声猝然震响。

戏子步履蹒跚，跨过未知的年代，脚步与鼓浪重逢了那一声戛然的休止符。

鞭子握在春天手里，马匹在旷野踏响铃铛。

他宰杀了一只鹅，心里的怨怼得到一丝宽慰。他端着春酒，在醉后说出不甘。

孩子们在地里放烟火，烟火像花朵一样舒展。只有此刻的天空才肯说出积蓄已久的伤痛。

"每个罪人心里都藏着一面锣，每个善人心里都长着一面鼓。"

锣鼓声中，每一出戏里，水袖拂出不同的面孔。古老唱词反复出现，咿呀声中，恶与善交替登台，罪愆与救赎陆续散场。

没有一种语言，能够缩短与春天的距离。没有一种言辞，能够给自己一个交代。

故园荒芜。只有蓊郁的青草把人们想说的全部说出。

再没有人倾听，大地新鲜的经卷如何被一棵细草反复诵读。

低处自有风

而今夜，我再次仰望：

你来自哪里？你为何而来？你眷顾过谁？又将照耀谁？

每一片月色都没有名字。

每一片月色都有似曾相识的脸。

每一片月色仿佛就是你的亲人。

每一片月色仿佛就是你无法企及的翅膀。

每一片月色都有一颗漫长的可以怀拥长夜的心。

我将在你的怀中入睡。用你用旧了的泪痕呼吸，用你的宽宥自爱，不忧虑，不孤单，在短暂的角色里着锦袍、佩紫冠，肃然，决绝。

抑或独自陪着你，重新试一试月色的明与暗、深与浅、轻与重，然后轻叹——

高处不胜寒，低处自有风。

室内乐

室内的风暴，细雨，鹅黄的灯光与马。
云翼闪烁的鸟，流水激荡的漩涡，命运的休止符。
满头飞雪，忧愁犹可溯。
芳邻里不辨时光的春秋——
它们全部来自一把吉他的低诉。

石头花开，舌头转动。清净来自无限的上游。
插枝的新芽如向上奔腾的湍瀑，在书架上流转。
海燕敛翅，浪花喂养礁石，海岸线如隐形的逆鳞，海螺似在催唤。
倾尽一生，寺僧的木鱼用最后一击，让烟火中的万物复归寂静。

书生游牧于草原的指尖，爱恨从无末日，也远离伟大。
文字呈现于书籍的封面，在回声里沉默如渊。
直到相望无语，琴声茫茫。直到室内的细雨聚成风暴与雷霆。
直到所有的琴声成为即将来临的闪电。

少数

一只蜜蜂，花蕊上如蜻蜓点水。
云朵里的月色，只露出幽暗的一部分，但已足够照顾广大的山川。
风在画幅里勾勒浅浅的水墨，剔尽了多余的残红与言辞。
时间流连忘返，有时候，它留下一小部分与我在山中逗留。

道路纵横，不可能走完每一条。
重峦叠嶂，登临一座已足够。
万千尘影，能够相互认识并惦记的只有匆匆的几朵。
那么广阔的世界，只是少数人的江湖。

苦比甜多一点。允许内心的盐分重一些。
欢乐与悲伤相比，更容易深入人心向往的河流。
天地已是新模样。那些沉迷的生命自阴影里奔出，不再拒绝平凡的烟火气息。
迷途知返者，始终多于沉入醉梦的众生。

星空广袤，月亮唯一。
天地辽远，太阳唯一。
正在演进的时代，能够从对世事的辨析中获得力量的只是少数。
在人间，可以忘记伤痛，保持身心健康并以此点燃灯火的，也仅仅是少数。

春芽给我以神启

不写春光，只写陶罐里的春芽，如何延展心的尺璧。

不写春色，只写斑斓如锦的山河，如何变幻线条的嵯峨。

不写春汛，只写"悬崖上试翅的人"[1]，如何放飞一颗临渊的心。

不在长亭短亭间停留，只羡慕汹涌的北风里，所有紧握过的手，恰如千山万水无尽的重逢。

万物所生，在春芽里，凡尘独守其根。

往昔与今昔并无不同。

我们能够获得的慰藉并不遥远。

此刻，我只写那些古老的向上的枝条——那里有一座座正在孕育的乾坤。

神带给我小小的启示。

万物正在给出答案。

唯有花骨敲响新春的钟声。

唯有你和我，在缓慢的教化里化茧成蝶——

我们都将开始拥有人世无限欢欣的秒针。

1.引自康雪诗句。

四面都是群山啊!这大地起伏不绝的骨头。
一株野草,和我一样,
正在细微的骨隙间倔强生长。

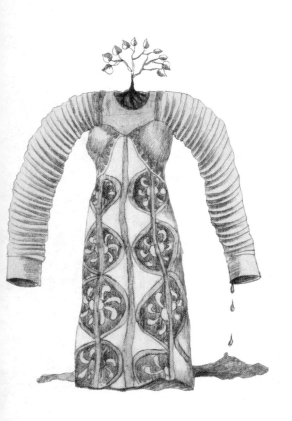

缓缓爱着垂落的星辰

羊群披着虎皮，在云端舞蹈。
鱼卵浮近水草，繁衍为死而生的肋骨。
接受树冠的攀缘，有谁承诺：至少三个季节才去敲响晚钟？

都曾是风雪夜归人啊。这偌大的春天。
锈蚀的已再生蓓蕾，腐朽的已接近永恒，面目全非的是曾经虔诚的信仰。

空无一物的是你的怀抱。失而复得的是我的钟摆。
前世的人握着一根稻草。今天的人，
缓缓爱着垂落的星辰。

春雪之谜

雪线之上，残雪，集结在嶙峋的山头。
羚羊、草根、沙砾。孕育的花蕊，漫漶的血的弧线。
神，在丰收与饥馑交替上演的天空，持续召唤失散的钟声——
那谜一样奔跑的孩子。

六角形的创口，苦难的终结，从容的钻石光芒闪烁。
当你触碰，这最后的尚有温热与力量的锋刃，
另一个春天，挺起了无所畏惧的
蓬勃婚床。

为春山望雪

在荒芜里点燃近于失踪的落叶，并把烈焰幻化成白银之谜，且看那金属的浪花奔涌。

我为春山望雪。

不让它褪尽初衷的底色，不让它消失在列车到来之前，不让它深藏于是非之间。

我从弹孔里取出伤痕，从悬崖上理出垂枝，从海水里招出经幡，从飞瀑里结出春心。

我为春山望雪。

也望海面上摇摆的航船，也望尘世里无家可归的人，也望天地间与世无争的那一幕幕雷鸣与闪电。

白雪辞

我迟回了几天，五棵松的雪仍然下得缤纷，从容自若。
又像那些不忍回归的人，不得不在人间留下泪流满面的瞬间。
日色和雪色相互映衬，玻璃窗上的脸在反光中一一呈现。
城市的玫瑰余香凛冽，白雪预先推演出关于春日山河的秘密。

白雪是春天最好的种子，寒冷是另一种刀子，剥开单薄的胎衣。
而怀揣梦想的人来到北方，独自凝结了深沉的爱和憧憬。
　应该是美好的开端。虽然我再一次体会着经验之外铠甲下的寒冷，也知道隐匿的疼痛，更如白雪般知道岁月的深重，命运的悲欢。

雪来春入梦。
一片雪即将超越另一片雪，一地雪色终将掩盖大地全部的本色。
　我更深信白雪即将撕裂广大的暮色，为风雪里的夜归人打探明天更远更长的路途。

雪落高山

雪落高山。远方的深谷，暖意的秘密消隐。

仰望，那素白的薄帛，借幽暗的丛林向天空攀缘。

雪一激动，就把怀里的种子给了那个崖边的浪子。

朽木坠河，唤醒河里的鱼，像是另一个世界的人，在漩涡里不停地奔走。

雪落高山。高处的薪火，照亮内心的山丘。万籁俱寂，陷入庞大幻想的人们，总觉得此生如此孤寂。

而雪愈白，心可能更加坚韧。

那消逝的岁月，可能正在诞生。

那苦难的万物，正借了消逝的源头，而重新接近欢乐。

雪花碎银

雪下着，不疾不缓。人世繁忙，无人仰望。

但我无法视而不见。我尚能辨听雪花碎银般的坠落——碎银里有铁器的洗礼、烈火的尖叫、静水的沸腾，有矿石被水火煎熬的撕裂疼痛，还有一位持戒者步入浓重的黑暗所丛生的绝望。

寒风吹软了大地的骨头。骨头抽芽，另一些比过去还要坚硬的事物从深藏的梦境里诞生。它们即将呈现，即将唤出魂魄。

寒风吹净了天空的羽翼。羽翼在另一个世界开花，又来到我们所亲密的世界——如此凄美的花朵，陷身于江湖，它是谁即将复苏的锦绣？

雪说：我的晶莹是对漫长时光的一种深究，我的细碎是为了回到另一种完整。你可见过比我更古老的青春？

雪又说：切勿见银而起贪欲！我本有完美的愿望，而敲碎我的，岂止是深渊、风暴、雷霆，还有你们所不见的隐秘。

雪继续说：这一切或许仅仅是一个暗喻。请不要将我累积或仰望成另一种高度，高处已不胜寒，我早已无力跋涉。

谁渴望在雪的灰烬里取暖？

谁继续在雪的止水里寻找源头？

冬天，雪说来就来。春天，雪还来不及说一声，就已漂泊得那么遥远。

雪的碎银即是雪的取向，雪的宗教。雪慢慢融入万物的血液中，与其合而为一，缓缓流动，苦苦前行。

——它是否不给你什么，是否什么也不带走？

稼禾谣

戴草冠以薅荼蓼。
埋闪电与雷霆于沃土。
截流水而孕春秋。

藏种子于仓廪。
还得在大地上掘无数小窝，
盛装满天闪烁的星斗。

一个人的秋天

月色绕指。风提了裙裾，睫毛和嘴唇挂满露水。

万物被薄银照耀。谁的身体有了秋天的温度？

一个临窗眺望的人，要彻底分辨属于光明与黑暗的真理是艰难的，需要的不仅仅是躬身、冥思、内省。窗台的花朵，正陷入凋零……

秋天的温度，是起伏的微凉与渐淡的暖流，是咸涩中透出的饱满的小幸福。那些孕育了苍茫岁月的回响和那不再停止的大风的波澜，正一点点消逝于远方。

一个人在秋天祭奠青春，那些童年与少年的欢笑，青春的热血与眼泪，恰似用于殉难的花骨。那些因月色的掺杂而亮如丝绸的波涛，正被从远方响起的嘹亮的铜号声掩隐。

似要渡。在秋风的杀伐与月华的笼罩间，他企图找到一处合适的渡口：

向下，是沉默收藏的旧时的画卷，

向上，是激情不舍的内心的江山，

向后，赢得了短暂而温暖的欢宴，

必须向前，那里有沸腾人间独属于自己寂寥的因果……

一枚秋果

叶脉低垂，似有所倦怠。
天边暮色有着激情落幕后回荡的花纹。
晚风一阵阵吹送，缤纷的叶子迎着收割的锋刃。
叶子从季节深处走来，仿佛只为又一次凋谢。

夜莺的歌声透出冰冷，一条未知的道路伸向远方。
替叶子与花朵受难，捧出盈盈秋果——
秋果颤抖，缄默了成长的欲望，圆润中呈现时光的经纬。
脚下黑土厚重，远方的乡村与城市如此沉寂。
在沉默，或若有所思。果实发光的表皮下一定有晶莹的思想和高昂的骨头。
秋声里，歌声仓皇。
是谁，将用微薄的力量，在一次次重生的轰鸣中救赎那一枚果子？

逝者如斯

无风花雪月。

黑色绸缎上星星闪烁。那稀微的光明，足以让沉默的钟摆发出寂静的嘀嗒。

夜晚可是先人的歧路，今人栖息的良夜，抑或落魄之人掩抑泪水的归途？

骑鹤者先是汲取了升腾的力量，却难以飞到他想象的高度。

之后，他打马行车，穿过烽火的诸国，身后的狼烟唤醒了沉默的疆域。

如今他习惯了徒步，越过新鲜的流水，古老的村庄，第一缕陌生的炊烟，看原来的城邦如何在铜镜里贴上新时代的标签。

上升或前行的道路就在前方。

他停止沿用想象，却停在了空茫的路口。

他说逝者如斯时，已不再年少——

那么无力，像时间深处飘荡的一片古老的树叶。

草木之上

鸟翅通往天堂，星月通往宇宙。
春秋交付岁月，山川运送大地。
风声唤醒晨曦，雨水迎迓光明。

词语无声，寂寞扬起灰烬。星辰消隐，悲欢游走于人世。
病毒鹤唳，细微之力足以震荡人世。
草木皆兵，我们不得不长出一张共同的脸谱。

命运中离我渐行渐远的人啊，
你何时搬尽我体内不屈的骨头？
我何时拨亮你怀抱中冰冷的闪电？

消失与重生

在我的眼中，浪漫主义时时呈现。

万物皆有同样的意志，不在乎诞生、消亡，收获、失去。

漫长的时光足够消解一朵花的历程。或者，一朵花，也可轻易书写一部时间简史。

一分，一秒。一天，一个夜晚。两个节气，半个苦夏。

时间追逐时间，时间逃离时间，在大地上碰撞出鲜艳的丹砂。

那繁盛之花，有焦灼之意，因过早担忧自我的消亡而低下缤纷的身姿。

你能听见时间深处花朵泣血的忧伤吗？

有人正在发声，为万物给出生与死并不辽远的答案。

筚路蓝缕之后，已经用尽了欢愉之人濒临绝望，开始毫无顾忌地撕毁与春天的合约。

所有的花朵终将在时间的洗礼中，一同消失在同一个星球。

而花朵的现实之心，终是复苏之心。它早早收藏了远古雷霆残留的火焰。

另一个瞬间，无数种子的开裂声、花朵的绽放声，都将再次响起，逶迤之势从无绝境。

一颗岩石般的心，因此需要种下柔软、缓慢、忍耐。

失而复得的风暴正在缓缓消失，另一场去而复返的花事终将重生。

不如归

有人说乌鸦是天空的僧人。
着黑袍的僧人在云朵和树冠间搭积木。在虚无的菩提下诵经。
流水和草丛间虫子稀落。

到处是流水，到处是隔岸观火的众生，他们执着于在歌声里埋骨。
黑影断绝处，最后的飞翔抵近天堂。

一年复一年，禅声早入定。
阡陌不空，黑色的光影盘旋不止。僧人不眠，香火是另一种潮汐。
小沙弥尚活在安静的怀中。

一月之诗

时间轮回，一月既望。花园里零星的浆果沉醉。
我不再是自己的陌路人。

冬山的萧瑟自有深意。
翠鸟在枯枝与云朵间鸣啭，它说出的话我尚能听清。

有人用春风净身，用暮雪祈福。
有人消失在归途，有人在灯火里阑珊。
只有我在钢丝上练习舞步。

日日入城，重复自己的脚步。偶尔去往他处，过别人的生活。
生活之深从不用来深究。

春风过境，马蹄印花。
从西到东，我逐渐熟悉每一条道路。
我关心月亮，更关注明天的太阳。

重新点燃的灰烬

世事如落叶，尘嚣似流水。

亘古的石头苏醒，大风吹尽了春秋，暴雨突袭了墓碑斑驳的胸襟。

青山间，一只年轻的豹子，帝王的豹子，逐鹿江湖，占山为王。

人潮中，只有青春的身体，在看不见的漩涡里奔突，不甘地献出血液里咸涩的盐，喂养钻石不朽的骨头。

如果有梦，我一定会忘掉自画像里衰老的悲伤。

如果有爱，我一定会统率千军万马，为那不可知的美人戮杀征途上的牛鬼蛇神，直到阳光的废墟长出发光的春草，直到痛苦的花朵结出贞洁的果实。

直到游牧云端的思想者，在闪电中重新点燃古老的灰烬。

大风吹影

深秋。大风的偏头痛日益加剧。它思想里多病的头颅不停摇曳、颤动。

醒狮。无边无际的呼啸跌宕出起伏的线条。

被迫流散的云，接受大风无私的馈赠。雨水左右纵横，不断偏离自由的中心。

吹影镂尘。

被大风吹泯的人心，更加颓废于岁月不断收拾的残简。

大风吹落雪粒，吹远山川，吹阔草原，吹荡田野。

直到山峦吹出峰岭，直到浪花吹奏出翱翔的海燕。

犹如虔诚的布道者，大风继续挥洒欲尘中的信仰。

令人敬畏。

我只相信，大风一定能将迷失人间的一切——

吹糠见米，水落石出，泾渭分明。

可能的救赎

时间独不成调，谁在月光中结茧？

黑夜照料星辰，钻石馈赠贵妇。乞丐的眼里，只有白银的眼泪。

客路春山外，涧枕白云中。

谁有幸邂逅藏身于真理中的那个人，那个与我的名字一模一样的人，那个解禁了群星与火焰的人？

鸟语突破预言的禁忌，模仿人类的美声，但除了对雷霆的敬畏，它什么也不赞颂。

只有湍流不相信命运。它带着高山的孤独和悲悯，顽强地修葺着森林、微风、晨昏，直到消失的诗篇重新找到倾听的耳朵。

当我冲出黑暗的包围，我已分不清肉体如何变成魂灵，时光如何因爱恨而变得谦卑。

那歌声，正在用不断上升的锦绸拯救被神祇认同的翅膀。

寂荡的低语

寂水之荡。

浅水从漩涡的缠绕中抽身。只剩一滴水，一滴在骨头里苦修的寂寞之水，星星般浮沉。那变幻的水色正是斑斓的内心。

残叶叠出暗影。暗影中谁在表白？

最后的蜻蜓仍有占据天空的欲望，但已碎如即将冻结的薄冰。

莲蓬拳拳。小鱼虾急切地寻找故园湿润的水土。水土也有心事，有脉络被开掘的疼痛。

雨意有禅。

花瓣、草茎、枝藤、野果。

在山，在水，在楼宇长街的狭缝间，忍住宿命，念念生死，静静轮回。

秋水、雾色、镜面、长焦。

所有的修辞消隐，所有的收敛和呈现——被一滴水浓缩的呼唤，被时间清算的面孔，被岁月出卖的秘密。

那些盛妆的青瓷，江山沉默的手指，雨后灼热的夕阳，正一刻不停地映照——

亘古的春秋，不朽的月色，闪电般撕裂的青春。

开始

我知道此刻的静和远。

我知道风可能把自己吹成灰烬。

在我的眼里，只有山寺古老的旗语，阡陌的新源头，炊烟的旧衣衫。

神不会记得我。他只照料眼前的这一切。

沙弥、屠夫、牧羊人。他们共处于世道的边缘，在秩序中，不喧哗，不祈祷，身上遍布风的重量。

书生、远行人、坐化者。风卷送出他们孤单的影子，一些声音被遗忘，另一些骨头即将重逢于春天的火焰。

麦苗拔翠，草木变幻。黑土里雪的汁液尚未流逝。我知道，相对于沉默，成长即是持久的教化，是缓慢的苦难，是忠贞的信仰。

远处，一位少年，正怀揣一颗微茫之心，缓缓前行。

底线

流水泱泱，云朵悠闲，鸟翅搬运风中的天堂。
春夜的火焰，来自碑文的赞叹。
雨水向南方集结，大好河山仿佛无边的尘埃。
爱得越深的人，越懂得离弃、怀念和沉默。
时光，正缓缓消失。

小蜜蜂带走花瓣金质的骨髓，未被掠夺的，终将变成灿烂的果实。
春天里，到处都是陌生人。只有我能阅尽彼此的孤独和迷离。
不祈祷，就不会有隐痛。
无灰烬，就拥有了燃烧的底线。

忽然苏醒的光

云朵不飞，山脉不移，蓝天似壁画。

流水不湍，温柔如远方飘近的绸缎。

薄雾弥漫，泛出历史灰色的脂粉。

苍翠中还有需要迎送的古老斑斓，告诉我一个季节快要接近高潮。

此刻，天地有声有色有气势。

一定有人诵读，那词牌、律令、赋辞里的平仄，突然掀起内心的热流。

每一个少年都有我的影子。

每一位少女都伴随着我的追慕。

每一滴雨水都是我成长的悲喜。

不远处，一抹红叶如闪电，让节节攀升又慢慢收紧的亮光忽然苏醒。

被锤炼的因果

暮色如盖。云淡风轻。
一只鸟载着我一起飞翔。
自然的力量正沉默着隐藏锋芒。

世间多疾：
孤疾与民疾，隐疾与显疾，旧疾与新疾——
不外乎罪愆无数，
不外乎涅槃放逐为晦涩的丝绸，
不外乎重重迷境里反复锤炼的因果。

清澈

无意说水，说溪流、湖泊、江海。无意说雨后的蓝天，清晰的鸟迹划出的彩虹。

克制自己接受正在蜕变的青山，向阳的枝条满身的苔痕，小动物稍纵即逝的影子，山间小路蜿蜒出好看的花纹。它们的寓意，就是时间给我以非虚构的慢镜头。

森林如碧，云朵正牵出斑斓的马匹。苦难岁月正被一点点消磨。

世间事，本不虚幻。

譬如此刻，人迹消停，山水无忧。风总是意犹未尽，它努力还生活以正面的源头。

善于自制者说："看流水如何自制。时间的钟摆永不加速。在自由的山间，须像流水一样懂得放弃、珍惜。"

在高原，我爱上了善解心事的流云，不问前程的风雨，恍若母腹的山川，眼底无私的星月。

一个面孔被阳光镀上釉彩的孩子好奇地问我："你从哪里来？你要到哪里去？"他炯炯有神的眼睛，仿若一面高原清净的湖泊。

从他闪亮的眸子里，我一瞬间找到了一颗曾经丢弃而现在渴望找回的小小珍珠。

消失

只剩石头，泥坯，斑驳的金泥。
只剩木鱼，蒲团，一件破旧的袈裟，曾经听过佛经的小虫子。

飞檐的风铃早已消失。不朽的江山飞出识途的鸟。
黄昏收藏花朵，我流失于草芥。
我怀疑是否有必要再为佛灯添油。

只有一座寺庙的静和另一座寺庙的空，留下见佛低头的王朝，放弃了
双手合十那一刻的对错，一同省略了十二个月明媚的光阴。

致敬

黎明隐伏于地平线。
历代的星辰垂落。
太阳从一滴露水的珠冠升起。

石头苏醒，流水回到人间。
天地化育，万物的翅膀纷纷长出一颗颗赤子之心。

拟古

市井的马匹，蹄迹蹉跎。马背上的人，眼含离诀。

桃花的丹砂，悬在斑驳的枝头。一年过了一年，该出现的人还在清洗衣衫。

怎样才能萃取更深的嫣红？一抹矿物的水粉？一杯星星酿造的酒？一份突如其来的爱？

古道印着消瘦的芒鞋。人影清香，白鹭已返回另一个世界。

苦修者，体内纵横的翅膀渴望飞翔。一道门，守着戒律和清规。

山水的结界，困住了骨笛的长啸。毒刺已长成凛肃的烈焰。

只有爱如幻境，无所畏惧，覆盖了人间久远的苍苔。

一个个段落构成长卷，开成时空之花。旧有的秩序被解体，新的篇章招魂有术。

请命之人往往消逝在劫难的风中。仗剑的侠客推演浩荡的江湖。

落寞的闪电奔赴前朝，诀别的雷霆赶往来世。

诸多如果皆成为荒诞的假设。无论成败，时间必然献出因果。

废墟呈现万物的本体，并终将成为模糊的灰烬。

落日，这大地唯一的证人，如一枚上升的朝露，照着草芥、城阙、子民，也照着古老的不曾荒芜的国土。

小试验

风把一棵草压低，它要测试植物内部的弹力。

风把一朵花的泪水吹出来，它要试着找到快要失散的芬芳。

风把一湖池水吹净，它要看看湖底的天空到底有多蓝。

风把一朵云推向远方，它要试着找到昨夜失散的牛羊和马匹。

风把一个人吹得摇摇晃晃，它要试试一个人的一生有多少抵抗力。

风努力把所有的枝条往空中吹——

它要看看人间有多少阴影。

来自秋天的礼物

时光把银杏叶雕琢成扇形的羽翼，欲飞还停。

浩荡的落日，光线穿过瞳孔。

我是自己的亲人，我是我自己的一片叶子，归心、肺经，化浊，生死安放其间。

身形越来越小。月光庞大，风消失不见，落叶重逢了知己。

时隔经年，它们又将复苏——我新鲜的礼物。

一段桂枝如宝玉。你来时，桂花刚刚饱满，粒粒皆黄金。

此时的山川，无远近，无轻重。俯仰其间，恍若我是月宫里那位修道者，日日苦差。不是天界不容我，是我早已生就了凡胎。

花期不定时，欲造清芬境，生津、辟臭、化痰、润发。

我把一帖采自月宫里神妙的药方，育为心愿，送给你，犹如送你一阵不朽的春风。

一颗暮年心，醒时知冷暖，醉时，也看透过爱恨情仇。

朝阳于东，凤凰早已绝迹。梧与桐共生死，如古时的烈女，孔雀只往东南飞。

一叶落而知秋。叶是梧桐叶，治腹泻、疝气、须发早白，清热、解毒，恰是因我而生。

此时方知：山远始为容。

秋日黄昏，最好不是别离时。四十多年，我是否该为自己献上一句：

非梧不栖，非主不依。

桃花信使

画布上，桃花静穆。

灼灼光华看上去好像一团团多彩的流云。又若蝴蝶闯进春天，因迷醉而乱了方寸。

枝条虬散处，小溪乱流，草色如烟，忽厚忽薄。

即使这样简单的相遇，我仍能听见它柔韧的梦里的轰鸣。

我不能就此轻看了这出离本原的写意，这貌似随性的复叠，这冷暖交织的感光，也不能被明暗的调子所魅惑。

我尚能读懂它因个体的纯稚与孤独而放大的漫卷与覆盖。

你听，松节油的汁光，一次次呼唤出画中的小女子，让我沉醉又苏醒。

而从此刻的窗台眺望，春风不言，桃枝焕出新叶。

仿佛为春天献出厚重底色的一整座山脉，也只为见证桃花短暂的生死与荣辱。此刻——

唯有青果如骨，肤色蓊郁。

唯有人影杳然，远山如黛。

唯有另一幅丹青，即将跃入大地一样沸腾的纸面。

暮雨

雨初停，悬铃木的掌声一直未歇。
屋檐下走过的人，满脸喜悦。他可能捡到了雨水中的白银。

沉沉暮气与灰尘一并洗净。心境如天空一般透明。
营养过剩的人倔强地慢跑。他甩下的汗滴有正在变质的油脂。
一只蝙蝠，像一个追随者，刚刚掠过他的头顶。

无意义的雨，带给怀揣念想的人莫名的感动。
用一滴雨修葺自身，预支未来。有一些，当作盛装宿命的容器。

雨如众生，既带着晦暗，也带来光明。
河水暴涨，像一条条绸缎突然被风鼓动出情绪的波澜。
更像沉默的人，突然说出取悦世界的语言。

薄雾

接近死亡的春蚕，集体吐出雪白的丝绒。
革命者临刑前泛起的伤悲。
病毒携带者幽怨绝望的火焰。

另一些，从气态演化为液态。
自然的辐射，被冷却之后漫漶的心愿。

一丝，一缕，终其一时，穷尽一生。
像诺言，更像预言。从高于花冠之处，涌入尘世。
带着深不可测的温度，和一颗颗渴望皈依的灵魂。

词语的间隙

垂露在手。

被雨水滋润的词，从黑暗的洞穴发出好听的声音，仿佛孕育之初的胎音，搏动着，带来发光的记忆，慈悲的线条在点滴之间悄然融合。

清风入怀。

被风声拥抱的词，绾住了过去、现在和未来。我在其间，我有我的小确幸，我是词语谱系中最原始的泥坯、陶粒，水滴、碧血、精液，金属与灯火。我是浩荡词典中不被遗落的一颗星星。

古老墨迹中的翅膀，欲飞，欲留。

词语用最好的集体主义理想，记载了消逝的历史，演绎了正在进化的现实，也把虚拟的幻想变成蓝图。

一个人，可能在永恒的思考中消亡，而词语恰恰用巨大的光照，承载完成和正在完成的史诗，并重新回归到冷静的黑暗与激情的光明之中。

晚来春水入眼底

晚来春水入眼底。

世间事，大小不过一滴水。

春秋往来，鸽子嬉戏，我是你们的陌路人。

我上紧发条，不是为了追赶你。

我在春光中战栗，不是为了测量风的力量。

我如春草一般向高处攀缘，不是为了拔高尘世里的身体。

一场黄昏的春雨带来的教化，远不止你想象的迅疾与沉默。

春水从不泛滥。

涟漪里的鱼尾纹，正如夜晚的眉批，点亮所有江湖的灯盏，正爬上我心里深深的春之门楣。

空寂之间

时间之寂，带来空间之静。

岁月让一张张地板出现空鼓，脚步传来回音。一颗心搏动的声息，为何突然跃出胸腔？

其实一整座楼都是空的。住在里面的人一直叹息：为何还这么拥挤？

翅膀飞过之后，天空当然是空的，流云也是。

星辰有光，有自己的语系和出发之地。它们的内部，此刻也是空的吗？

道路上，无车无马，万籁俱寂。一个夜晚也是空的吗？

风一直在努力寻找什么。除了看不见的手掌，风也是空的吗？

一个词语，始终保持着足够的空间，用以张扬它古老的意义，同时也收藏了时代赋予的新内涵。

一幅画，留白不空，虚实无限。

一本书的空白页令人遐想。边缘的眉批，读者与作者相逢，文字与心灵私语。

一匹行空的天马，荡漾起凌风的加速度。

一座虚空的山谷，都有一颗幽兰的禅心。

一句话，言有尽而意无穷……

镜子从来不是空的，你想看见什么，它就给你什么。你刻意隐藏的，它努力给你制造秘密。

我本无空名，也从不空怀幻想。

夜晚，我放下面具，放飞身体，应和了空空的房间。只有日渐深刻的记忆，一直不曾空过。

每当我从梦中醒来，我的双眼，充盈了比夜色之前更加辽远灿烂的光明。

闪电向大地献出不朽的玫瑰

我是另外一个我。

我始终保持对一切温暖的钟爱。而我偏执于渐起的光明中，努力融化慢慢消失的寒凉。

我学会了从稼禾、草木中倾听大地的掌声与夜晚的私语，从一江春水中感受澎湃的力量。

我仍是另一个我。

继续爱着。

昨日献出的挽歌与颂词，既不短暂也非永恒。

无常中，总有不谙世事的人，以不辩之姿，爱我，爱我们，也爱世间所有黑白分明的人。

此刻电闪雷鸣，行人隐迹。

庭院里荡起美。一支支闪电向大地献出不朽的玫瑰。

大雨倾盆，在它愿与不愿的相逢之地，像被时间反复叩问。

不断被接受，被认领，被否定与肯定。

明天，一个平常的日子，回忆和悲伤，欢笑和热泪依然继续。

一定有无数个我，怀揣信仰与执念，如阳光挥动华美的丝绸，向人间
致敬。

此刻，雨停了。只剩玫瑰绽放的声音。

只剩不断耀起的闪电，照耀更加晶莹的大地——

我将回到我们之间。

把我照耀得更像整个春天

春风来自同一个世界，而梦总是从反方向而来。
石头开花的时候，天上的雷霆总会少点什么。

在花园里，看那些虚无的光阴如何变得真实，去年刷白的树干又升高了一些。
沉默的花蕾，喧嚣的枝条，它们的记忆里一定还有另一个春天。

蓝天消逝得太快，它仿佛在追赶什么。
白云有时候跑在前面。
一只羊很容易迷失在一片辽阔的草原。

春天里，我有我自己的影子。
忽明忽暗，忽短忽长，有时与我重叠、融合。
更多的时候，它从我身体的缝隙跑出来，把我照耀得更像整个春天。

复苏的青草

适于用门德尔松的协奏曲，敲开春之门。
任时间如何流走，弓弦也不会停留。
音符，是否当年的那一粒已不重要。

被强制听见的还有春天的钟声。
被惊醒的还有蛰伏的种子。
起身倾听的，还有崭露头角的春草。

春草年年绿。
小提琴的余韵中，春天的大地和大地的春天，像两个紧紧拥抱的孩子。

每一个孩子的面孔都是不一样的。
他们都取下了相同的口罩，露出一双双明亮闪烁的眼睛。
像迎风的春草，一片片张扬着刚刚复苏的身体。

画意

沉默，是一种观照
变形的火炬。一万双手的舞蹈。
集体狂欢后缄默的热泪。
破碎的黑骨头，炽红的血，斑斓的风雨，掌握不了的路途——命运的
写照。
轻轻飘逸的灵魂，生生植入坚硬的春秋。

另一个人，另一群人，分立于视线无法看见的两个侧面，牢牢控制着
自己的情绪。
全画幅的背景。需要另一种角度的解析。
色彩肆意构建的秩序。
被挥洒的金色时光，曾经的风霜雨雪。
支离的笔触，写意的手——意境全在一双深情仰视的瞳孔。

刀剑止住光影。
血泪书写不甘的历史。
疼痛不过一瞬。
读懂你的人，须满怀谦卑，也须把握敬畏，把心里的火炬点燃——
一笔一画，把光影燃烧成时光里飞速旋转的齿轮。

为岁月奠基

云蒸海天，远山如碧。

赤日替我释放胸中的火。时光燃烧时光。

借布满城市的阳光，晾晒身体，让一颗心完成一次短暂的旅行。

绛桃、绯桃和碧桃仅适于观赏，繁茂叶子间果实青涩，如不敢张望的少年。

爬山虎把院墙、窗户当作一座座山，一天一个里程，很快就登上了山顶。

红枫一出生就身披鲜艳的色彩，栾树向尘世泄露了另一种黄金的秘密……

花都落尽了，只有玫瑰还保持了炽热，经过昨夜风雨，开始保持和我一样的平静。

风吹过来，听得清它们想说的心里话，也听得见它们的大声歌唱。它们的梦想，正辉映着浩瀚的蓝天。

再过几个月，到了冬天，所有我今天写过的树，记得的花，连同倾诉过的心愿，都将在一张纸上剩下坚硬的骨头。

但唯有青松，把每一根峥嵘的骨头都交给风雨。我相信，它的骨头又将坚硬几分，只有它敢于秉持毫无顾忌的锋芒，直至穿越所有的生死。

此刻，我将转身，在万物安静的目光中慢慢消失。

梅破知春——
一定有花朵点燃夜色，一定有一
阵风卷起春天的薄翼。一定有一颗心，烟水茫茫，
随风万里。

夕阳诀

日日放马过西山。
且立一碑，记日月之功名。
结子的现实都成了往昔。

溪山清远，静穆的黄昏中，幻想谋断有道者，诵辞赋，读经卷。
他模仿了多少古人？

渐起的暮色，掩隐了多少肉身？
苏醒的旧时光，与一片片落红，缓缓奏响不眠的祷词。

再写暮色

黛色天际线上，云朵在蔚蓝的水里游，小孩在空中抓鱼。
暮晚虚幻。山水从容。残阳在手心里孤独地舞蹈。

梅破知春——
一定有花朵点燃夜色，一定有一阵风卷起春天的薄翼。
一定有一颗心，烟水茫茫，随风万里。

没有落日的黄昏

在时间的背后，落日隐匿。

但我知道它在另一面云图之间，勾勒另一片渺茫而繁复的山川。

鸟鸣如时代的歌者，一如既往诵读着这亘古的黄昏。

一声复一声，一日复一日，直到翅膀回巢，新的落日诞生于从未平静的江湖。

能够返回的不是流水、青铜、黄金，也不是鲜花、婴儿、宿命。

我伸开手，像孤鸟展翅，在潮汐之间，飞入被意外勾勒的晚景。

辽阔而宁静的云图也有了飞翔的欲望。

晚风起时

晚风升起，时间高悬。
我深信，耽于尘世的星辰，至少有一粒是我的。

我仍记得晚风许下的承诺：
把爱情交给自由，把远方归还大海，把故土送还青草。
我也正在经历：亲人给我以抚慰，故人给我以慈悲，陌生人给我以遐想。仇人，啊，这世上，我还没有仇人。

云朵妖娆，雨水成为晚景的图腾，天空成为隐秘的法器。
新生的菩提是一个赤诚的牧师。
他放牧过风雪、群山、原野和打坐的智者，救疗过天使的翅膀、太阳的暗疾、月亮的创伤。

流年再生骨血。
谁在倾听自己的绝唱？
蹬蹬者，从一枚露水出发，拨开迷雾，带着虎豹的忧伤。

吾心自有光明月

秋月玲珑，在大地飞渡。

一个人独自醒着，他沉醉于迢遥无际的仰望，意犹阑珊。

梦想低于草芥。

一片落叶的秋天，圆月掩隐沉露。他聆听，他钟情于千里辉芒，水墨江南。

"吾心自有光明月"。

青黛山峦下，他努力伸开俗世的耳朵，在月光下倾听。

湖月照影，冷月无声，万物沉默。突然闪亮的灯火，谜一样地升腾、照耀。

月色收紧归途，时间苦短。

那寂寞的光芒，正是短暂尘世一再的重逢。

黑暗中的练习

夜露凝结。你在黑暗中练习目力。

天长日久，你一定能够看得更远更清，看阳光下看不见的事物——一颗，两颗，更多的心。

暗香游动。你在黑暗中练习想象。

想象可以挣脱桎梏、规则，可以穿越命运的时空，破解时光深锁的每一个谜——

一朵花，一片叶，一树微风的吹拂，一双孤独的眼睛。

飞鸟栖息。你在黑暗中展开飞翔。

飞翔是人间最美的渴望。你白日的疲倦之翅掠过流水、山峰、原野、城市，向自然和内心的最高处奔驰、盘旋。你知道：一片最柔软的羽毛，也有不可垂降的重量。

夜虫低吟。你在黑暗中练习说话。

万物是最用心的听众，还有一些习惯于在长夜中顽强地竖起的耳朵。它们知道你言辞的苍白，逻辑的慌乱，修辞的艰涩，语速的急促，但它们更深知你有一颗择善而从的心。

万物俱寂。你在黑暗中放下身体。

是的，必须彻底歇息这逐渐疲累的身体——像一颗被时间之水淘洗千万次的卵石，没有棱角，没有温度，没有思想。

只有肉身的轻，和灵魂的重。

山中月光

沉默苍穹注视着人间。

黑夜提着一盏明月的孤灯。

一双仰望的眼睛接受了漫天透明的花瓣。

我理解那飘落的微光，清幽，明澈，覆盖了此刻薄霜下的阡陌。与我一起迷路的人，茫然中看见自己长袍般单薄的影子。

大地之上的守夜人，一直照看着那秘密的孤灯。孤灯中有一支神性的灯芯，传递着细微而持久的亮光。

那光，干净，纯粹，一点点融入夜色盛大的容器，化为更加苍茫的帛图。

除了我，没有人苏醒。只有我看见它如何满含热泪，一遍遍清洗人间的伤痕。

只有夜晚，才是我唯一秘而不宣的领土。

我醒着，看着神啊，草啊，花朵啊，人们啊，在这样的照耀下生生不息。

银月

　　像一首诗，云空里最柔软的部分。银月，缓缓起伏于仰视的纸面。

　　银月在天空撒娇，在大地刻字。她的身体肯定不是我的，她的手中握着的，可能有你奢望的云雨。

　　银月学会了梳妆，她施粉底，点绛唇，画娥眉，着素袍。她越来越像我的娇妻。

　　银月在朗诵，声音淡定，有大家风范。那些溢美之词无须写在纸上，那些咏赞之音恰好适于歌唱。

　　银月独自舞蹈，从上弦月到下弦月，她拥有整个天空的大舞台。她无恋人，却拥有爱她的整个世界。

　　银月即将沉湎。请守住她的余晖——
　　有人继续在月光里做梦，有人在寂静的火焰中独自舞蹈。

自在的月亮

此刻，月亮活在万物之巅。
缓慢，冷静。
像硕大的秉持教义的庙堂之花，自在地弥荡。

一瓣，两瓣……
纯净、慈悲的拂尘，翻扫着这尘世的波澜。

而我听到风沙吹过——
那草芥、流水、石头、灯火，我内心虚妄的浓墨般的山峰，那月色下细小的肌体和广大的宇宙。

月色依然

来去的次数相当，往返的路径相同，留给人间的冷暖毫无差别。

刻意传达的隐喻没有束缚，没有疆域和界限。

临深渊如坦途，履薄冰如渡鹊桥。

白银的经卷在风中散开，发出金属迸裂的声音，真善美深藏其间。

风从前方吹来，带着尘沙和暗香。

月色所赠与的辉芒，不是强加给我们空寂的虚无。我有一万种路径诠释那些潜藏的真理，那些正向的光明，反向的秘旨。

又见明月

抬头时，你和那片乌云一同出现。

两片叶子在天空游戏，像执着追光的鹰隼，又像黑白分明的鸽子，忽高忽低，忽远忽近。

我无法充当一个夜晚的使者，来到它们中间，与它们一同博得飞越深渊的快乐。

月亮如青果，朦胧青涩，泛着虔诚而清醒的光。

分裂的影子，具有同质性，也具有异属性。

我们不用分辨，也不用置疑。

一些被昨天吹走的，今天又送了回来。

某些已经忘记的人和事，正爬上记忆的阶梯。

某些正在隐退的，此刻正被一一唤醒。

新的万物和自我的思想，带着陌生的气息，不停地寻找新的答案。

我是一个仰望者，也是一个奔行者，更是一个沉默寡言的人。

一个从未间断过旅行的人，渴望在天空合上一本经卷之前，身轻如燕，来去自由。

我分别住在月亮沉重的低处，月梢漫漫的长路，月色流动，释放毒素的水银，如此轻盈，又那么沉重。

离我远去的月光

弦月之夜，能够看见的星星只有几颗。

我知道更多的星星在遥远的地方，发着同样的光。

那么多迷途的孩子，那么多失散的羊群，今夜还能找到回家的路吗？

每一次，我都把自己送入夜的空门，寻找更多星光的答案。却常常在一个个瞬间，连同若隐若现的谜底一同消失。

远处，一颗流星正隐忍于时间旋涡的深处。

凡是能够发光的事物，是否都将离我远去？

犹如逆流的轻舟，一次次鼓起勇气把自己投向茫然夜空。

我有自我决然的意识：那么多的光芒，总有一丝属于自己。

一如夜空，那永恒的辽阔与安宁。

上弦月

暮色里的琥珀，欲望中尚未丰满的珍珠。
眼泪流淌出一半的爱恨。虚静，包裹着辉芒的静美。
风吹过，乌云遮住翅膀，天际黛蓝，重彩掩隐星辰。
神无形。我猜想，神就是此刻的月亮。

银镰割尽万世的沧桑。
盈缺中的悲悯，自有命运的柔软与坚硬。
一如群山沉寂的呼吸，
一如死里逃生的那瓣烟火，
一如始终望不穿的秘密和信仰。

月光中的篝火

牧笛响起时，天下的月色就亮了。

我知道一切肃静的根源，月色将要说出的秘密。

但却不知道你身在何方。

我的身旁是蜿蜒的流水，辽阔的草原，缓慢的牛羊。它们全都披着银子做的暖裘。

远处的雪山永恒不泯，依然保持着圣洁的模样。

它注视着我，我不敢轻易起身，也不敢轻易开口。

格桑花像温情的少女，伸手可触。

它不惧冷暖，它有盛开的会说话的骨头，也有会飞翔的缀满黄金的翅膀。

终点是起点吗？广袤草原的中心，是否隐藏着另一颗种子？

我仰望满天星辰，心中响起古老的歌谣。

我不得不从禅定中起身。

我要在一地月光中寻找一匹逆行的马，载我奔向远方——

那里有一束刚刚为失落的爱情点燃的篝火。

旁观者

　　见证一株鸢尾花，从荒凉中苏醒、成长、绽放、凋零。

　　一众鸟影，画出并不孤单的曲线，让天空的墨迹有了图腾的深意。

　　蝴蝶轻轻飞，带着绿色家园里一颗颗正在茁壮成长的彩色心跳，像并不闪亮的灯笼，照着前世和今天的陌路。

　　学会向卑微的事物致敬。

　　一滴雨水，即可抵达视野中的远方。少量的光，即可看透前程。一阵轻风，万物即可停止不安。

　　一切际遇都是为了加载记忆，一切流逝皆是为了诞生与重逢。

　　时光的教堂，古老的训诫，一个个需要践行的词，既是为诺言而存在，也是为守护而攀缘。

　　虚拟的幻景，在落日之间，被鸢尾花荡漾的欢叫扩散。

　　旁观者，终于看见了一首诗的开始和终结。

有所寄

满天星宿，布满双瞳。有一颗是我的真身。幽微，明亮，标定我的曾经或将来。

我也是浩渺群山里一座孤独的山峰，不卑不亢，只接受春秋与冬夏，只与周围的山脉相望，构成无法逾越的城邦。

在蔚蓝的大海之间，我是翻卷奔涌的浪花，被大风卷起，被潮流推动，从低处升起，又从高处跌落，不绝不休，一次次献出宿命的雷霆。

我更倾向于我是莽莽森林里的一丛灌木，一株绿植，一枚花骨，平凡地忍耐寂寞恩赐的安宁，而内心的篝火，在世界的低处，生生不息。

而现实是，偌大一个城，我有三个去处，十平方米的办公地、九十平方米的居室，它们之间只隔了九公里。还有更广大的文字的房间，任我随意徜徉，乐此不疲。

我不会迷惘，不会走失，我双眼清明，我已平定了内心的风暴，渐渐习惯于在宁静的生活中缓慢地救赎。

忽然奔耀的闪电

黑夜。异性的云团，如影随形，因抵抗而邂逅出明亮的闪电。

内心的欲望无法抑止，发轫、膨胀、爆裂，夜空中亢奋的石头。

天使回到故乡。星辰妥协于浩荡的轰鸣。七只惊鸿匆匆掠过，与十二匹野马一同逃遁。

前世的甲胄从死亡中苏醒，与一个绝望者一起索要天空的刀剑。

鼓之以雷霆。鼓之以训诫。鼓之以悲悯与赞美。

谁之鼓？鼓与谁？

谁在迎迓与倾听？谁在承受与应答？谁来收拾破解的残局？

鼓隐匿得太久，快要锈蚀了。最后的沉疴，一面流年的镜子，面临万丈深渊。

从栅栏逃离的春水，想象的曲线，融化被唤醒的身体。

鞭子伸出旋涡，分裂天空。一半是欢悦的蔚蓝，一半收藏了正在布施的苦难。

沉默还不够，胆小者只配迎合飘摇的雨水，他盛下的都是虚无。

而胆大妄为者，正奔袭于天堂，撷取广袤天空中正在毁灭的钻石。

火焰与潮汐何其相似。它们都在夜晚谋求真理——光明的势力，速度的激情。

而撕裂夜幕的闪电，羽檄飞驰的霹雳，从天堂里逃离的雨水，从一个高处奔向另一个高处，成为彼此的悬崖，相互纠缠的秘密。

接受了短暂的恩宠，崩溃又新生的时间，冲刷、荡涤着正与秩序对峙的万里江山。

水墨远境

欲望的火熄灭又苏醒。

命运的光，穿过遥远山河，诞生、蔓延、消失，在一次次轮回中变得新异。

何曾相识：旭日普照，啸音幽远，天色苍茫，渊薮如灌……神秘地教化。

远境里的水墨，一帧一帧浮烁，如丹青献出叠浪般的哲学。

现实的镜头：平静、奔腾、延拓……

心在心之外。

理想成为想象的一部分。

谁能制造栅栏，阻挡苦难潮水的一次次进退？

你自己，只是一种开始和终结。

万物何曾有过尽头？

岸边那个人，是我，非我，羸弱而倔强，茫然而坚执。

他从未收回放远的目光——

需要苦读，逐渐理解沉溺于每一个字节里的悲欢。

需要仰望，慢慢理解所有的咸涩无法包容的慈悲。

一退再退，直至陌生的岸边。

一让再让，直到抵达新时光的疆域。

深夜的海

我知道此刻窗前不远处的海，是未眠的黑色的海。
我知道海面上驶过的不只是渔火，还有星辰，不知名的迅捷的流火。
我知道被海风吹凉的心，不止一颗、两颗。
万物良苦，大海的穹顶正聚集着星辰的温度。

一面黑色镜子的反光，用来收纳看不见的善恶。
月亮在云朵里穿过尘世，偶尔洒下的光照亮前世和今生。
一切都变了颜色，爱恨织出海面的空白。
善念、罪恶、死亡，变得如此轻盈。

夜深处，海水难以企及，海风难以抵抗，海鸥杳无踪迹。
无须理解黑夜能够带给我们什么，深夜的海有它蛰伏的理由。
我相信海有恢宏宽容的胸怀，我用心编织的海的图腾，足以容纳你、
我，和整个北方的冬天。

黄昏

暮色苍茫，叠嶂出心中的版图。

一只鸟，又一只鸟，抖动冰封的翅膀，弧线中黄昏轻轻摇晃。

乍暖还寒。千军万马的风，渺小、细碎，如细细的笔，如沉沉旧事，如二月的江湖，砍伐出更多荒废的国土。

尚未种植，果实却已累积于胸，浩气盈盈，甲胄簇新。

谁是大地的主人，谁是落寞的英雄？

黄昏日日到来。我早已不是少年。二月轻浅，却如此深重。

我等待黑夜，我要倾听春讯，我要接纳春天遍地的请柬。

风声穿过暮晚

静夜。除了呼吸和心跳，那唯一的声音，剔尽了虚空。

有时磅礴、奔突，有时低回、轻旋。

它们并不交织，它们呈现在不一样的夜晚。如果闭上眼，仿佛可以随时迎风入怀，分享它带来的问询和祈愿。

还有像我一样的倾听者吗？

这是最重与最轻的声音。

我的身体醒着，我的睡意被贯穿。远处明灭的灯火，是否加重了回声的重量？

似在等待更充沛的声音。从另一个世界，踏着马蹄而来，为一颗日渐宽厚而温情的心。

只有自己知道这暮晚的轻与重。

只有自己知道如何倾听风声里由衷的应答与唱和。

被自己豢养的梦境，允许风声穿过暮晚，告诉我草芥的生死，蚂蚁的悲欢，未来之雪的丰盈——

灰烬的阴影如何绽放鲜花一样的蓓蕾。

想象力

听见钟声，就想起木鱼、寺庙。
看见流水，大海、礁石就浮入幻境。
看见花一样的你，就想念从前。
观望熟悉的镜子，身边就会出现另一道身影。

"想象力，是一根多刺的骨头，一根守旧的火柴，也是一把怀柔的刀子"。
它有谦卑的焦灼和期望，也有沉默如金的寂寥和柔韧，也有惊心动魄时的乖张和愤怒。

只有怀揣它的恩宠，一并容忍它的偏见、私怨。
任眼睛和耳朵包容逝去之物，
任头脑的云图在夜风中清理一面镜子的虚空。

自由像晚风中一枝鲜艳的碧桃

人行天桥上，一位推着单车的少年，前方拐弯处，他不知该往左还是向右。

蝶未出茧，春天的翅膀还未彻底飞起来。

枯黄的衰草无人清理，仿佛它从出生就保持着无辜而苦难的样子。

白玉兰努力展开身形，要在雨水来临之前伸出拥抱的手。

松枝上挂满松果，好像一些恩怨总是出现。

闪烁的红绿灯不知疲惫，让过于宽阔的路口有了方向。

石兽蹲在门前，思考头上的风铃是否保留了雕琢它的錾子声。

夕阳有限，它总是眷恋着又很快遗忘这个世界。

春风不是哑者，它只是在时间深处转换了音色。

月亮轻易不现身，它只是在合适的时间为你打扫庭院。

幼兽的嗅觉刚刚苏醒，它提着一条后腿围着一株忍冬转了好几圈。

雪松看似迎风摇摆，但它的根紧紧抓住了远方运来的泥土。

不用怀疑迎春花金色的质地，它用花朵的枯萎与时间赛跑，它的使命是为人间带来第一声春消息。

向春天索要羽翼的人，同时教会了年幼的孩子如何保持平衡。

所有的时光都是新的。

自由如此真实，像暮霭中的晚风，更像晚风中一枝鲜艳欲滴的碧桃。

辨识、解构与重生

月色无限扩散，万物陷入沉湎，流年在不疾不缓的云烟中轮回。

我深信漫长的今夜，是有理由仰望与守候的。

那怀揣因果的人，度一切苦厄，教化万物于云蔚之间。

一些无意暴露的花骨朵儿表达了事物的本质。更多秘而不宣的预言在清凉的夜色里积聚、消融。

一个思想者的微澜，随触手可及的云。那磅礴的低音，有着不再偏执的异于往日的回声。

在对世事的解读中，我尚能辨识：

一缕月色何以抵达尘世，燃烧恒久的清辉。更多飞散的部分，又如何占有了辽远的星河，替代了古老的浮云，包容了人间离涣的身体。

一个惯于在长夜苏醒的人，从不担忧单薄的羽翼被月色、云气和星象一次次解构、重生。

黑夜灯盏

黑夜的纸上仍可留下易于辨识的墨迹。

铁笔银钩，行草变幻。无关美学的修辞隐形于草莽。

谁在此刻拥有悖于理性的心境？

像过客白昼交换的脸谱，幡然醒悟又愈加沉沦。他从不在意时间过于缓慢，他早已丢失一颗张弛有道的心。

一把锁锁紧了年轮，在秋天最后的鸟鸣里悄然锈蚀。快要遗忘的钥匙却不在你命运的手中。

有人在暮雪里追赶黑焰包围的江山。

有人的内心一直高悬着祭祀的灯盏。

有人用一滴晨露滋润日渐干枯的嘴唇。

夜行

古时打马，今日乘车。有的人一生都在行走。

生活向前奔跑了多远？而内心犹如古人。

慈悲者，渴望拥有佛一样的心。不得不适应的喧嚣、亮光，让他偶尔发出敏感、细微但无用的言辞。

一切不可改变。犹豫之后，迟来的认同宽恕了所有擦身而过的人。

一个人的旅途永无穷期。

当他说出远方，内心突然莫名地安静下来。

当他仰望暮色，他的眼里只有虚空的灯火。

当他写下岁月，列车突然一阵暧昧的晃动。

回声

至冷，静极。
两个极端，相互渗透、融通、平衡——
入世者抛开虚妄。

风在每一个瞬间，释放世界日益陌生的疼痛。
时光隐秘的内部，我涵养属于自己的深渊。

安静不是永恒。寒冷并非危机。
岁月超越枯荣的法则。
一首诗，松开发条——
暮色绵延的回声中，有时间破冰刹那的轰鸣。

寂静

没有源头。斑驳的诗句突如其来。

蝉声、鸟声、蟋蟀声，含着万古愁，回到了不可知的世界。

午夜的长街，车影消失，落叶飘飞，霓虹闪烁，星空隐约……它们构建了童话般的夜色和微不可察的沉默的峰顶。

一个缓缓漫步的人，迈着归来者和出发者沉稳的脚步。

霜雪将带来更广大的寂静。懂得感恩的人终将还原对世事的愧疚。

在风声中伫立、蹒跚、追忆，放下一切可能与不可能，成为逍遥的分子，成为忘记了悲欢的量子。短暂时空忽然产生另一个我。

像一种隐喻，更像一种独自的纾解与宽慰，隐藏着即将复苏的雷霆。

寂静不可复制，不可分享一部分给你。

寂静是言辞无理由的轰鸣。

火焰从不熄灭。

清冽的风，再一次荡涤世界。我之所见，保持了最干净的本质。

世界收回了假象、诱惑、危局。一颗坠于想象的心，在未知的深渊中获得无尽的教诲。

风声中，一切寂静的绽放，都将觉醒为你心中精美的诗篇。

警醒

在阳光收紧翅膀之前，请回到你的居所。

在狂烈的风暴尚未来临之前，请抵达内心的安全岛。

在黄昏扩散至最后的尽头之前，请点亮最纯粹的那盏灯。

这是必然选择的生活，必须接受的现实，是来自自然与命运的警示，也是得以一次次重新出发并安然回归的必由之路。

生活的褶皱如此深不可测，终将攀升至你沉稳的脸庞。

必须向艰难旅程的终点迈进。必须抵达某种边界或终点。

必须让恰当的行动彰显因自我的警示而获得的审慎之力。

无处不在的真理，一直深藏在每一次诘问中最容易忽略的边缘。

一切无欲无求的品质，皆不可轻易获取。

一切皆只能以自我警醒的勇气抵抗、获得。

如孤树悬于绝壁，唯有认领坚硬的岩石与稀薄的土壤，沛然的风雨和寂静的星月，在深寒的岁月中自守戒律。

我不再年轻。我早已成为世事的旋涡边缘那个时刻保持清醒的人。我坚信："人类即使在失败时也有金刚石的粉末。"[1]

1.引自维克多·什克洛夫斯基诗句。

涸泽

梦一样的流水在不舍中远去。

现身吧，那在岁月中等待纾放的被季节之水遮蔽的万物。

水草、鱼虾、沙砾、卵石……曾经背负向远理想的事物雀跃着自低处呈现，仿若即将抵达心之高峰。

内心饥饿而寒冷的人啊，一颗渴盼之心也将得到化解吗？

飞鸟落于一块礁石，它看见了羽毛的遗存，它能听见骨笛的清啸吗？

水草在转弯处堆积，混合了落叶、残花，所有漫游的梦境真的可以抵近现实吗？

沉默的卵石停止于流动的旅途，混沌的往事能成为过去的记忆吗？

失去过所有的人，在涸泽中找到一根玫瑰的刺。它一直在那里，等待最初的爱和逝去的恨。

被搁置过的命运，成为暂时清醒的暗夜中的蓓蕾。

所有甘之若饴的黄连般的苦物，皆如月色，在清冷中找到归宿。

万物都将在一面枯萎的湖水中找到沉默的支点，成为自渡的船帆。

一切都将隐身，一切又将呈现，一切都将在不确定的流动中摆脱古老的谶言。

证明

在风的国度，一颗心的温热终将沦陷。

落叶散尽的天穹，有受难之美，那是某种客观的呈现。

一棵树、两棵树，所有的枝条在扭曲的峥嵘中保持了倾斜向上的姿势。

大地上，所有青涩和湿润的梦境都将结束。

但，"唯有双眼尚能发出叫喊"[1]。

风与阳光联袂而来，它们似有无可觉察的默契。

风中，我拥有过短暂的温暖甚至灼痛。现在，它们正试图将我遗忘。

冬天赐予的一切如潮水般喷涌。我们曾在绝望与希望中产生的对人性美好的认知，正如浪花般缓缓退去——

谁将遗忘正在散失的柔软？

谁能抑止内心迎风生长的硬度？

一切不为什么。一切皆无目的。一切皆无来由。

风的国土正在扩展。谁能继续为之命名？

你不必试图竭力证明什么——

光明的阴影带走了所有的欲望，而爱是否还会到来？

1.引自勒内·夏尔诗句。

时间的真相

诗人说："给虚拟的时间一个象征。给象征一把钥匙。"[1]

时间是虚拟的，还是具象的？

我们都知道答案，但又常常迷失于通往答案的路口。

我知道不可捉摸的时间，没有流量。我也常常感受到，时间在生命中闪电般流逝的速度。

即使短暂的停顿，也只是等待那些生命中茫茫赶考的人。

人海中，我并不容易迷失自我。但我一直无法找到那把能够打开象征的钥匙，也常常徘徊在时间关上的一扇扇门扉前，像归鸟突然遗忘了熟悉的归途。

我们是否一直在寻找中，奔行在同一条布满荆棘的道路？

1.引自唐朝晖《与城市相关》诗句。

地平线上的光芒

　　宁静。虚怀。起伏。延展。

　　所有的光芒，皆升腾于地平线的苍茫与辽远。

　　日月、星辰、灯盏、篝火……这些光明的源头，世代朗照，给过去、现在、未来的我们宝藏一样的温暖。

　　庙堂与江湖，颂辞与挽歌，功名与淡泊，出世与避匿——地平线上，一切飞短流长，交织于时间的净土，在光芒的包容中激荡出永不静肃的新的涟漪。

　　当源头的光明暗淡，地平线上闪烁的霓虹，也足以从另一种角度，用人类创造的光明，映照出浮世的轮廓和真相。

　　也有人感到寒冷。因为他远离了地平线，也可能无法再次接受光芒的照拂。

　　遥迢的地平线，可能是文明的源头、英雄的地标、巨人的原乡、平民的故里。也可能是时代的废墟、罪人的深渊、败类的旧址、莠民的坟茔。

　　我们站着，即使身披斑斓，也并不一定高于地平线。

　　我们终将躺下，即使身负厚土，远离光明，也可能并不低于地平线。

　　沉默是金吗？

　　大地上，地平线一直保持着沉默，始终载负着律动人间那永恒的光芒。

不易察觉的瞬间

闪电追逐加速的列车。雷霆游戏手中的霹雳。

风吹过一棵树，一片片发光的叶子获得新的密码。

临窗的人心如止水。他有两张不同空间的面孔，一张模糊，一张清晰。

熟睡的婴儿醒来，眼含春水。

上了年纪的人常常午后犯困，半夜独坐。

一个晚归的人提着自己的影子，一个读书人合上泪水浸湿的书卷，一个内心有恶的人开始坐禅，一个抑郁症患者急急向另一条陌生的道路奔赴……

这是被反复抒写的暮晚。

这是刚刚闪过眼中的画面。

这是一个个时代不易察觉的瞬间。

隔岸观火

岸是长堤一隅，掩映于花树，堤旁流水寂寂。

火，是水镜之上与涟漪之下的霓虹，在暮晚的琴键上有节制地变奏。

此刻，它们寄属于同一时空，不再是互不相关的事物。它们因一个唇齿相依的词，产生了必然的联系并紧密契合，如同短暂的友谊与少量的爱情。

隔岸。观火。

岸上一个人，顶着自己的灯盏。昏黄的光，照耀他回到最初的模样，只是一颗心，不再是往日心。

在浴火的镜子里，他站着，也倒立着，仿佛世界给了他不同的分身。

他沉默、思考——世间为何还有那么多必须选择的陌路？

岸浮于水上，火深入水里。水与火在反复的失而复得中融合为另一种物质。

水，因清洗了过多的面具而泥沙俱下。水，已非天上的纯净之水。

火，因炼制了不同的面具而丢弃了自我的盔甲。火，已非大地上的钻木之火。

我站在岸边，越过坦荡之水，眺望对面隐约的灯火。我不知道——

是哪一线有限的光明，穿透了我平凡而灼热的一生。

是哪一丝无限的波澜，照亮了我此刻静如止水的面容。

秋夜

梦收留了那些有用和无用的事物。
星月、风雨、流水、废墟和垃圾。
车流尚未完全停歇。寂静并不是夜晚的唯一。

我们的脚步轻了，话语也变得冷静，仿佛夜晚也在风中变得从容。
沉默与喧嚣从来不是一个夜晚的全部。
一个把记忆托付给明月的人，因此变得安详。

欢乐那么短暂。露水不过是把所有的语言、爱恨凝结在一个个瞬间。
善与恶在日渐废弃的村庄寻找答案。
我与它们既有联系，又仿佛从未找到合适的归处。

星球湛蓝。夜晚从来不属于一个人，它是否属于一双未染纤尘的手?
所有的终结即是开始，一切顺势而生。
当你继续沉默，就有发声的光明，一半照亮来时路，一半照耀不可预
知的归程。

到哪里寻找一蓑烟云

一蓑烟雨任平生。

——宋·苏轼

到哪里寻找一蓑烟云？

春水早已覆盖南方。江山正值盛景，万物几无破绽。

一个人，正用所有的经历积蓄的力量，反复锤炼人世的因果。

你乘着古旧的木船离去。那载舟之水，在沉沦、隐退与复苏中承载了多少别离的背影？

此刻的一江春水，只剩下风雨中破碎的密纹，但我们彼此早已深知苦难萌发的悲欣。

平生无限事，多起伏于自我的荆棘。

暮晚的烟云中，时有旧梦如光明闪耀，时有星辰如怆然泪目，让我深谙了如何保持沉默的怜惜和从容。

而在一首未竟之诗里，你是我眼中从未走散的人，也是把孤独的余烬留给我的人。

我心底的山谷，仍一直驻扎着你身边翩跹的蝴蝶、舞蹈的蜜蜂和为生死而奔忙的蚂蚁，也有我们共同瞻望过的落日、披着丹砂的山峰和匆忙隐约的人群。

见境思境。当一个春天接近成熟，我将看到无数只眼睛，与落叶中的大地相对——我盼望我那时已具备自净自定的力量。

地平线上，正在革命的册页，期待所向的人心。

泼墨的山水，置我于西窗，解构着所有的真实与虚幻。我是一个不虑心事、不寄知音、不对影茫茫的人。我知道，从所有的幻境中发现一道转徙的天梯有多么艰难。

而为了诠释离开即是抵达，某一个清晨，一辆时代的列车又载着你归来。

我不知该就此敛息于重逢的欢欣，还是重新起身，执意走向你。

到哪里寻找一襄烟云啊？都是离人，都是归人。

在你离开又抵达的间隙，除了你，我是我梦里见过最多的人，是最亲密的人，最无辜的人。偶尔也是最坏的人，最好的人。也是最熟悉的陌生人，最恨也最爱的人，是你久久不舍的人。

且不怕风雪，无论阴晴，竹杖芒鞋间，为了一颗完整的心，我们都还将在梦境与现实中遍读人间未见书。

让锈蚀的再生蓓蕾，腐朽的接近永恒，依然清晰的是彼此亘古不变的信仰。

是的，我们一生小小的灯盏，也许能够点亮江湖夜雨的微芒。

在一阕古词里复苏

光阴瞬息耳，忧悲亦何为。

——宋·张九成

读一阕古词，字迹如初，似有苍老的铭文起伏，刻骨的火焰在燃烧。

市井的马匹，蹄迹蹉跎。马背上的人，眼含离诀。踢踏声中，犹有消逝的战火传来沉默的回响。

流水深处，桃花的朱唇，悬在斑驳的枝头。一年过了一年，童年的少女还在清流边濯洗衣衫，马蹄声里，她那回眸一笑饱含了多少深情？

怎样才能摘取她腮上的嫣红？一卷浪漫的书简？一杯星辰酿造的酒？一份突如其来的爱？

马蹄过后，古道印着消瘦的芒鞋。那是一个少年的身影，一步一回头。

山云满屋，月色当门。苦修的书生，体内纵横的翅膀渴望与飞翔重逢。而一道山门，守着戒律和清规。他在茫然中念叨：我怀揣的梦想，不过是愿随春阳和，不信人间老。

俗世中，山水的结界，困住了一枚骨笛肆意的长啸。听那高亢之声，正慢慢焕发出少年心中凛肃的烈焰。

落寞的闪电消逝于前朝，新的雷霆赶往来世。

敢于请命之人往往消逝在劫难的风雨中，仗剑的侠客与手持折扇的书生共同推演着浩荡的江湖。

尚无铁流的时代，一个人的清寂并不孤独。他仰望着头顶的大雁在季节轮回中往返于另一个世界。他在观察中洞见，在沉淀中澄明，在等待中望见时光的长河为他无限地延展。

我们都能够看清：从古至今，只有冲决的爱和恨，无所畏惧，穿越人间遍布的藩篱，一个个段落构成并不荒诞的长卷，让旧有的秩序解体，让新的篇章激情燃烧。

无论过去、现在，无论成功、失败，时间必然献出锋利的因果。

诸多如果皆可成为新的证词，如梦如幻，如沧桑的灵魂，也如砥砺人间难以焚尽的刀剑。

还有星星，这大地唯一的证人，陪伴着古道中的瘦马、桃花中的马蹄、清流边的少女、月光中的书生，如一枚枚永不谢幕的灯盏，映照着草芥、城阙、子民，也光照着古老的不曾荒芜的国土。

今夜，读一阕古词，从不曾消散的文字与怆然的意境中唤醒另一个书生，既非隐喻，也非暗示——它只是让我学会重新写一首不一样的诗篇。

等待的翅膀

花的折扇，雨的眼帘，灌木漫漶。
月光如锡片，流水冲荡锈迹。
田园上的牧师，因游离而学会了接纳与宽恕。

时光诞生福祉，也制造旋涡。
大地被荆棘磨损，砥砺血肉的沙砾仍在流亡，变得斑驳的还有仅剩骨头的灯笼。
烛火的钥匙，试图打开黑暗盒子里黄铜的光明。

暮色礼送一切，万物回到潮汐的旧址。
一面临渊的海，
一树梨花的胭脂，
一叶古词里的轻舟，
一群通往悬崖的虎豹，
一个萤窗下手持书卷的人，
正等待着，那比刀锋还锐利的翅膀。

秋风吹拂

风有吹拂的界线。
大地上沸腾的万物扬起明亮的脸。
迎接天空低眉的日月星辰，一颗心接近另一颗。

风吹草木、流水、花朵、稼禾，苦涩与欢愉。
流年若隐若现。
起伏的人世有时揭开面具，让爱和被爱的人重新接受洗礼。

风吹云朵、鸟影、彩虹、闪电，天空里晦明的偈语如雷霆。
顺着雨水向时光奔腾，落叶用尽了它全部的力量。

风吹过村庄，也吹每一座城。
它带着一双明辨是非的眼睛，继续识别这异美而寒冷的秋天。
它收藏了所有说出过的声音。

像旁观者，置身事外。又像一个隐士，囚禁自身的光。
它有时一言不发，任万籁俱寂——风掌握着吹拂的对象与时辰。

风吹走了刚刚落在纸上的文字，留下追忆、苦思，憧憬和忧伤。
它有时用更大的沉默对抗沉默。
而我，从未忘记它的每一次叮咛。

前世的人握着一根稻草。
今天的人，缓缓爱着垂落的星辰。

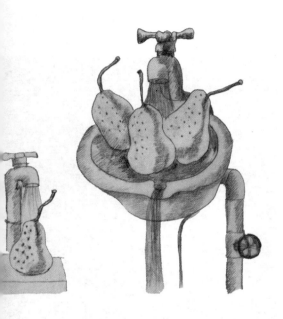

后记

每个人都是自我的悬崖

每个人都是一支肉体的沙漏，从出生时开始倒置，个人的流沙从不停顿。

每个人都是一枚时间的容器，盛装个人的春华秋实——每个人的历程都是大事件。

苦难与幸福。真理与谬误。苦涩的盐和快乐的花朵。

没有什么不可诞生，不可消亡，不可永续。

每个人都是一滴水。积淀、显现、膨胀、停止、消逝。

怀揣执着与遗憾。所有的水滴聚集，这世界便有了蜿蜒溪流、远近湖泊、汪洋大海。这人世便有了人居村舍、泱泱城邦、浩瀚国度。

每个人都是一阵风，从幸福的源头来，往苦难的尽头去，中间停留或延续了无法省略的悲欢。

每个人都是一粒尘埃，一枚蓓蕾，也是一颗星星。

十余年穿梭于故乡与异乡，不停地奔波、浪迹。在无奈与激情的矛盾中，解读迁徙中隐藏的美如何与自己发生深刻的际遇。

自然的风景与生命的风情无处不在。它们没有方向，却心有所指。它们淡泊如水，却让我如临高迈的无字之书。

城市、乡村、山水、草木、时间、空间。大自然孕育了无数风景，历代的人们努力改造世界，创造新的自然。风尘之间，苦乐之际，我深切感受到自己对广大自然的虔诚，对辽远生命的敬肃，对无限未来的期许。

我从来都不是一个旁观者。为了记忆与表达，旅途的风景和跋涉的命运给我不停书写的源流。我努力寻找另一个有思想的自己。我尽可能秉持一颗平常心，既不热狂，也不冷漠，既不倾慕，也无弃舍。

我所获得的，正如我用理性的文字所表达的诗篇，谈不上欢乐、愉悦，但绝无伤悲、苦楚。这些文字，皆如北方凛冽的山水，浩荡的江海，平静而安宁。

米兰·昆德拉说："生命像一张草图。"我只以宽怀、豁朗、清醒、宁静的文字，继续在这张已勾勒出斑斓线条的草图之上，满怀对自然和生命的热诚与景仰，渲染隐逸而厚重的属于自己的万水千山。

每个人都是一面锣，自己苦命地敲。也是一面鼓，任他人无情地敲击。谁都想成为自己和他人的鼓手。

在自我的深渊，每个人都是自己的悬崖，攀缘、跨越的过程，需要的不仅仅是决绝的勇气。

所有的人，组成斑驳的栅栏。

有的人立着，有的人倒下，所有的人终成灰烬。

但所有的人都义无反顾——过去如梦，现在如电，未来如云。

2024 年 12 月，北京

图书在版编目（CIP）数据

骨头与岩石 / 杨东著 . -- 北京 ：国文出版社，
2025 . -- ISBN 978-7-5125-1864-3

Ⅰ . I227.6

中国国家版本馆 CIP 数据核字第 2024Q8L203 号

骨头与岩石

作　　者	杨　东
美术作品	何唯娜
策　　划	唐朝晖
责任编辑	侯娟雅
装帧设计	梁国枫　唐　玄
责任校对	李　煊
出版发行	国文出版社
经　　销	全国新华书店
印　　刷	北京盛通印刷股份有限公司
开　　本	889 毫米 ×1194 毫米　　32 开
	8 印张　　　　　　　150 千字
版　　次	2025 年 1 月第 1 版
	2025 年 1 月第 1 次印刷
书　　号	ISBN 978-7-5125-1864-3
定　　价	68.20 元

国文出版社
北京市朝阳区东土城路乙 9 号　　邮编：100013
总编室：（010）64270995　　传真：（010）64270995
销售热线：（010）64271187
传真：（010）64271187-800
E-mail：icpc@95777.sina.net

前世的人握着一根稻草。今天的人，
缓缓爱着垂落的星辰。